MISTER CANTING

C. R. SCOTT

MISTER CANTING

ROMAN

Viel Lesefreude!

Deutsche Erstausgabe 2020
ISBN-13: 9798665668208

C. R. Scott, c/o Papyrus Autoren-Club, R.O.M. Logicware GmbH, Pettenkoferstraße 16-18, 10247 Berlin
Umschlaggestaltung: Carina Regauer
Bildmaterial: Shutterstock (Mann); Freepik (Hintergrundtextur); kjpargeter @ Freepik (Grunge-Rand); Harryarts @ Freepik (Ornamente)
Satz: Carina Regauer
Lektorat: Iris Freinberger
Zweitlektorat: Susanne Koßow
Korrektorat: Ingrid Schumak
Druck: Amazon EU Media S.à.r.l, 38 avenue John F. Kennedy, L-1855 Luxemburg

Mit freundlicher Unterstützung von Mareile Raphael.

www.crscott.de

1. KAPITEL

AVA

Stille umgibt uns. Quälendes, zermürbendes Schweigen. Um mich herum ist es dermaßen ruhig, dass ich es klar und deutlich hören kann, als ich schlucken muss. Doch selbst die plötzlich auftretende, penetrante Geräuschkulisse der U-Bahn, die nur zwei Straßen entfernt an uns vorbeirauscht, befreit mich zunächst nicht aus der betretenen Stummheit. Diese Stummheit, in die ich verfallen bin, seit Dean mir die magischen drei Worte gesagt hat:

Es ist vorbei.

Noch immer sitzt er mir regungslos gegenüber und wartet ab, bis ich es endlich schaffe, den letzten Satz, den er von sich gegeben hat, zu verarbeiten.

Nach einigen weiteren unerträglichen Sekunden bewege ich mich wieder, indem ich zumindest blinzeln kann, statt Dean nur weiter überfordert anzustarren. »Du ... willst Schluss machen?«, verlässt es schwach meinen Mund, und schon für diese Nachfrage verliere ich fast gänzlich die Stimme, so dass ich mich räuspere.

Hilfe!, hallt es verzweifelt durch meinen Kopf, noch bevor er mir überhaupt antwortet. *Was ist hier los?*

»Sorry«, entgegnet er nüchtern, wenn auch nicht unfreundlich, und nickt.

Er meint es echt ernst!

Oh Gott ...

Mit trauriger Miene blicke ich in seine Augen, die so grün sind wie meine, nein, etwas blasser. »Aber ... Warum? Dean, ich ...« Ich kämpfe mit den Tränen und bebenden Lippen. »Das verstehe ich nicht! Was ist auf einmal passiert, dass du so über uns denkst?«

Seufzend schüttelt er den Kopf und sieht weg.

»I-Ich dachte, wir wären ...«

Da sieht er mich wieder an.

»Glücklich?«, führe ich den Satz zu Ende und betone ihn als Frage. »Außerdem ...« Ein Schnaufen entgleitet mir. »Ich bin erst vor drei Wochen hergezogen!«

Er knirscht mit den Zähnen. »Ich weiß ...«

Ist das so?

»Dean! Ich habe Seattle verlassen und baue mir hier in Chicago ein neues Leben auf – für dich! Damit wir jeden Tag zusammen sein können.« Nachdenklich blicke ich an ihm vorbei und zucke mit den Schultern. »Also, *fast* jeden Tag«, murmle ich. »Du hast ja darauf bestanden, dass ich mir erst mal eine eigene Wohnung suche und …« Ich reiße den Mund auf und sehe ihn wieder an. »Etwa deswegen? Weil du sowieso nicht dachtest, dass das mit uns etwas Ernstes wäre?«

»Natürlich nicht«, beteuert er. »Ich wollte nur nicht, dass wir irgendetwas überstürzen. Wer zieht denn sofort zusammen, wenn man vorher in verschiedenen Städten gelebt hat? Zunächst nähert man sich selbstverständlich an und testet, ob es passt – ist doch klar!«

»Wow – wie romantisch!«, feuere ich zurück. »Für dich waren die letzten Tage also nicht mehr als ein Test?«

»Das habe ich nicht gesagt.«

Wieder umgibt uns Schweigen.

Aber du streitest es auch nicht ab, geht es mir durch den Kopf. *Das soll dann wohl heißen: Ich habe den Test nicht bestanden. Oder wie darf ich das verstehen? Habe ich ihn in den drei Wochen, in denen wir uns nun endlich mal öfter sehen konnten, etwa genervt?*

Bei diesem Gedanken fühle ich tausend Stiche in meinem Herzen. Blanke Panik steigt in mir hoch. Ich will ihn nicht nerven und ich will nicht, dass es aus ist!

»Dean …« Verzweifelt strecke ich die Hand nach seiner aus, doch sofort zieht er sie weg.

Das tut erst recht weh! In welchem falschen Film bin ich hier gelandet? Ich glaube das alles nicht!

Ausgerechnet heute.

Heute haben wir doch Jahrestag! Unseren ersten.

Ja, seit genau einem Jahr sind wir nun zusammen.

Vor vierzehn Monaten haben wir uns kennengelernt. Ich hatte meine ehemalige Schulfreundin Kate hier in Chicago besucht. Und auf einer Party, zu der sie mich mitgenommen hat, sind Dean und ich uns begegnet. Von der ersten Sekunde an haben wir uns gut verstanden und konnten uns über alles Mögliche unterhalten. Es hat nicht lange gedauert, bis er mich nach meiner Nummer gefragt hat. Obwohl ich ihm klargemacht habe, dass ich aus Seattle komme und nicht vorhabe, meine Heimatstadt zu verlassen, wollte er mit mir in Kontakt bleiben.

Und so ist es dann auch gekommen. Er hat sich oft bei mir gemeldet und mir wahnsinnig süße Nachrichten geschickt. Sogar Blumen hat er zu mir nach Hause liefern lassen. Wir haben uns endlos viele E-Mails geschickt und abends stundenlang telefoniert. Und dann, eines Tages, stand er einfach vor meiner Tür. Wieder mit Blumen. Und dem charmantesten Lächeln, das man sich nur vorstellen kann. Seitdem sind wir fest zusammen und haben eine Fernbeziehung geführt.

Meistens bin ich nach Chicago zu ihm geflogen. Zweitausend Meilen quer durchs Land. Das war einfacher zu bewerkstelligen als andersherum, da Dean als Arzt sehr viele Überstunden machen muss und dringend gebraucht wird. Immer wieder hat er angemerkt, wie sehr er sich wünschen würde, dass wir in derselben Stadt wohnen. Und wie schade er es findet, dass er seinen Job nicht so einfach wechseln kann, da er in einer Spezialklinik für Unfallchirurgie arbeitet.

Irgendwann habe ich dann plötzlich vor seiner Tür gestanden und Blumen in der Hand gehalten. Bei diesem Überraschungsbesuch habe ich ihm freudig mitgeteilt, dass ich mich dazu entschlossen habe, ihm zuliebe nach Chicago zu ziehen. Als Sachbearbeiterin für Warenwirtschaft kann ich in vielen Firmen arbeiten, also war es nur fair, dass *ich* den Job wechseln würde, nicht er. Es hat sich richtig angefühlt, diesen Schritt zu wagen.

Dass Dean mich gebeten hat, mir eine eigene Wohnung zu suchen, habe ich zwar schade gefunden und es hat mich auch etwas gewundert, nachdem er mich doch gerne öfter in seiner Nähe haben wollte. Aber dann habe ich zu mir selbst gesagt, dass das verantwortungsbewusst von ihm ist und es mir guttut, wenn ich weiterhin auch mal ohne ihn zurechtkomme.

Also habe ich mich um alles gekümmert. Um eine neue Wohnung und einen neuen Job. Mein bisheriges Leben in Seattle habe ich hinter mir gelassen, um in Chicago ein neues zu beginnen. Und das war in Ordnung für mich. Meine neue Wohnung ist genauso groß und schön wie die alte. Kommenden Montag trete ich auch endlich meinen neuen Job an. Bei einer anderen Firma hätte ich sogar noch früher anfangen können, doch ich habe mich für eine Stelle bei *Guard Electronics* entschieden. Ich war richtig aufgedreht, als ich erfahren habe, dass ich die Personalleiterin im Bewerbungsgespräch überzeugen konnte und ich die ausgeschriebene Stelle in der Warenwirtschafts-Abteilung von *Guard Electronics* haben könnte. Der Hardware-Hersteller ist weltweit sehr erfolgreich und schreibt wahnsinnig gute Umsatzzahlen. Deswegen habe ich die Hoffnung, dass eine Festanstellung dort besonders sicher ist.

Außerdem mag ich Chicago. Im Laufe der weiteren Fernbeziehung habe ich diese Stadt kennen- und lieben gelernt. Ja, inzwischen kann ich mir richtig gut vorstellen, hier Wurzeln zu schlagen. Und mit Dean den nächsten Schritt zu gehen. Mit Kate habe ich vor Ort ja auch bereits eine gute Freundin, die ich nun wieder öfter sehen kann. Auch deswegen habe ich all die Veränderungen auf mich genommen.

Und die Tränen, die damit einhergingen. Vor drei Wochen haben meine Eltern mich bei meinem Umzug begleitet. Wir haben einen Van gemietet und sind die 2.000 Meilen durch die USA gefahren. So konnten wir nicht nur meine Möbel transportieren, sondern meinen Umzug auch mit einem mehrtägigen Roadtrip verbinden. Diese Art von Abschiedszeremonie zu dritt war echt schön, und während dieser Zeit habe ich Dean sogar kaum vermisst. Als wir dann in Chicago angekommen sind, haben meine Eltern und ich zwar geweint. Aber sie wissen, dass ich diese Entscheidung getroffen habe, um meinen Weg zu gehen. An Deans Seite.

Und jetzt?

Jetzt macht er mit mir Schluss!

Noch bevor ich überhaupt meinen ersten Arbeitstag im neuen Job angetreten habe! Selbst mit dem Kartonausräumen bin ich noch nicht ganz durch.

Und er sagt mir ganz trocken, dass es vorbei ist mit uns!

Ist das zu fassen?

Als Dean feststellt, dass ich längst wieder in Schweigen verfallen bin, seufzt er. »Keine Ahnung, was ich noch dazu sagen soll.«

»Dean, bitte«, flehe ich. »Rede mit mir darüber, ja? Lass uns das klären!«

»Das bringt doch nichts, Baby.«

»Doch! Bitte! Was ist denn nur auf einmal los?«

Wieder ein Seufzen. »Ava ...«

»Habe ich etwas falsch gemacht? Oder hast du, na ja, eine andere kennengelernt?«

»Nein und nein.«

»Wir können in Ruhe über alles sprechen, das schwöre ich dir!«

»Nein, Baby. Die Luft ist einfach raus. Da lässt sich nichts machen. Tut mir leid.«

W-Was?

Was redet er denn da ...

Wie furchtbar ...

Ich verstehe die Situation immer noch nicht ganz, aber ich erkenne, wie entschlossen er wirkt. Entschlossen und eiskalt. Es ist wirklich vorbei! Mit uns! Das hat er längst im Alleingang entschieden! Ganz urplötzlich! An unserem

Jahrestag! Dabei dachte ich, er würde mich in seine Wohnung bestellen, um mich mit einem romantischen Dinner zu überraschen, das er zur Abwechslung mal selbst zubereitet hätte. Stattdessen sitzen wir hier an einem leeren Tisch und er spricht plötzlich davon, dass die Luft raus sei! Was soll das überhaupt heißen? Die Luft ist raus, einfach so? Ist das auch wirklich kein Alptraum, in dem ich gefangen bin? Nein, ist es nicht. Ich könnte heulen, schreien, um mich schlagen, ihn richtig anschnauzen und ihm aufzählen, was ich alles für ihn aufgegeben habe, doch der Schock lähmt mich erneut.

»Es ist, wie es ist«, fährt er matt fort. »Wir hatten unsere Zeit, und dafür werde ich dir auf ewig dankbar sein, aber dieses Feuer zwischen uns ... es ist irgendwie nicht mehr da.«

»Was meinst du damit nun wieder? Welches Feuer?«

»Siehst du?«, erwidert er. »Im Grunde hat es so etwas wie ein Feuer zwischen uns nie gegeben.«

Schockiert starre ich ihn an. »Was ... Du ...« Wieder ringe ich nach Worten.

»Umso besser, wenn wir es jetzt beenden, oder?« Er wagt es, zu lächeln. »Es ist mir wichtig, ehrlich zu dir zu sein.«

Das verstehe ich nicht! Stellt er sich jetzt etwa auch noch als Helden dar? Und ich bin hier die Schuldige?

»Aber ...« Erneut werden meine Augen feucht. »A-Aber ...«

Er zögert. Allerdings nur, weil er überlegt, was er jetzt noch sagen könnte, um mir seinen Standpunkt klarzumachen. Dabei kann ich seinem Blick leider auch diesmal ansehen, dass er seine Entscheidung längst getroffen hat und es nur noch darum geht, sie mir mitzuteilen. »Hör zu, Baby …«

Ich zucke zusammen. »Nein.«

Fragend blickt er mich an.

»Nenn mich gefälligst nicht mehr *Baby,* wenn du mich doch gerade in den Wind schießt!«, zische ich. »Niemals wieder nennst du mich so, hast du verstanden?«

Er hebt die Hände. »Von mir aus.«

So! Ein! Arsch!

Wie von der Tarantel gestochen stehe ich auf und marschiere zur Haustür. Ohne noch etwas zu Dean zu sagen oder ihm einen letzten Blick zu widmen, flüchte ich aus dieser fürchterlichen Situation.

Und Dean? Er hält mich nicht auf, ruft mir nichts hinterher.

Auch das verdeutlicht mir: Er meint es todernst. Er hat sich an mir sattgesehen und hat längst mit mir abgeschlossen, ganz egal, wie ich mich fühle und was ich mir wünsche.

An unserem Jahrestag!

Es kostet mich all meine Willenskraft, doch meine Füße schaffen es irgendwie, mich aus seiner Wohnung zu schleppen. Das Treppenhaus hinunter. Ins Freie. Durch die belebten Straßen Chicagos in der Abenddämmerung. Zur nächsten Station. Hinein in die U-Bahn.

Als ich mich auf den Sitz in der Bahn plumpsen lasse, passiert es endlich: Ich breche in Tränen aus. Erst jetzt, als ich mich weit genug weg von Dean fühle, kann ich mir das erlauben. Ungehalten weine ich vor mich hin und habe nur noch den Gedanken im Kopf, dass es vorbei ist.

Kein Feuer mehr.

Die Luft ist raus.

Autsch! Ich fühle mich so schäbig, so ... ungewollt!

»Ist alles in Ordnung, Miss?«, spricht mich jemand an.

Benommen schaue ich auf und versuche trotz der Tränen zu erkennen, wer das gesagt hat. »J-Ja«, behaupte ich und wische mir die Augen trocken. Da bemerke ich die alte Dame gegenüber von mir, die mich besorgt anlächelt, und zwinge mich dazu, ebenfalls die Mundwinkel auseinander zu ziehen.

»Worüber sind Sie so traurig?«, fragt sie.

»Äh ...«, bringe ich bloß hervor. *Darüber möchte ich eigentlich nicht mit einer fremden Person sprechen, selbst wenn sie mir sympathisch erscheint.*

Kurz überlegt die alte, kleine Frau, dann nickt sie. »Auf jeden Fall lassen Sie Ihren Gefühlen freien Lauf. Das finde ich gut. Manchmal muss das einfach sein, nicht wahr?« Mit zufriedener Miene wendet sie sich von mir ab und schaut sich im Wageninneren um.

Ich hingegen starre aus dem Fenster und stelle fest, dass an ihrer Bemerkung etwas dran ist.

Seinen Gefühlen freien Lauf lassen.

Ja, das tue ich gerade.

Ich heule in der U-Bahn.

Weil ich gerade verlassen worden bin. Von dem Mann, für den ich mein Leben umgekrempelt habe.

Darüber bin ich traurig.

Oh, Dean ...

Wie kann es sein, dass du mich einfach so fallen lässt?

Ich weiß nur, dass er eben total kalt und abgeklärt war.

Und ich ...

Ich fühle mich nichts als grauenhaft.

Wie lange wird dieser stechende Schmerz anhalten?

***

»Er hat *was* getan?«, dröhnt es durch die Leitung, als ich am nächsten Tag mit Kate telefoniere. »Und das ausgerechnet an eurem Jahrestag?«

Zittrig atme ich durch.

»So ein Arschloch!«, flucht sie.

»Nein ...«

»Was *nein*? Nimm ihn nicht auch noch in Schutz, Süße!«

Ich kneife die Augen zusammen und lege die freie Hand an meine Stirn. »Aber ihn zu beschimpfen, bringt doch jetzt auch nichts mehr ...«

»Weil du diesem Vollidioten bereits alles, was dir zu ihm eingefallen ist, direkt an den Kopf geknallt hast, hoffe ich«, entgegnet sie.

Mein Schweigen verrät mich.

»Ava! Hast du Dean nicht wenigstens deine Meinung gegeigt, wenn er schon so etwas mit dir abzieht?«

»Ich ... konnte nicht ...«

»Mensch, Süße! Der Typ hat dich einfach so fallen lassen, ohne einen vernünftigen Grund zu nennen.«

»Er sagte, die Luft sei raus ...«

Ihr abfälliges Schnaufen ist deutlich zu hören. »Was ist das denn für eine bescheuerte Begründung, um Schluss zu machen? Ohne Vorwarnung, ohne zweite Chance. Eiskalt. An! Eurem! Jahrestag!«

»Ja, ich weiß ...«

»Du bist für ihn quer durchs Land gezogen!«, keift Kate empört weiter. »Und jetzt fällt ihm plötzlich auf, dass die Luft zwischen euch raus ist? Nach drei Wochen?«

»Insgesamt sind wir ja schon ein Jahr zusammen.«

»Nein, Süße!«, befiehlt sie mir regelrecht. »Ich bitte dich: Verteidige ihn nicht auch noch dafür, dass er dich derart mies behandelt.«

Wieder kommen mir die Tränen. »Kate, ich ... Weißt du, als er mich so angesehen und diese Dinge zu mir gesagt hat ... Oh Gott, ich konnte mich kaum bewegen und kaum denken ... Und ... Deswegen rufe ich dich auch erst heute an ... Als ich gestern nach Hause gekommen bin, habe ich nicht viel mehr zustande gebracht, als zu heulen und meinen Facebook-Status zu ändern und ... Ich habe ihm Nachrichten geschickt und ihn versucht anzurufen, aber er hat kein einziges Mal darauf reagiert. Dann bin ich endlich wütend geworden, wenn auch nur für mich, also habe ich die Sachen, die er noch bei mir hat, zusammengesucht und weggeworfen ... später habe ich sie aber wieder aus dem Müll rausgeholt ... Ach, es ist einfach ... I-Ich bin völlig neben der Spur!«

»Okay«, antwortet sie mit deutlich sanfterer Stimme als eben noch. »Ich verstehe, worauf du hinaus willst. Tut mir leid, ich will dir natürlich nichts vorschreiben.«

Obwohl sie es nicht sehen kann, nicke ich.

»Ich wollte dir damit nur auf meine verschrobene Art sagen, dass Dean ein Blödmann ist, der es nicht wert ist, ihm nachzutrauern. Der Typ hat dich nicht verdient, verstanden? Er ist ein Idiot, mehr nicht.«

»Ja.« Ich zucke mit den Schultern und starre Löcher in mein kleines Wohnzimmer. »Ich meine ... mit Mr. Right ist die Luft niemals raus, auch nach zwanzig Jahren nicht, stimmt's?«

»Absolut!«, gibt sie mir recht. »Selbst nach fünfzig Jahren nicht.«

»Gut, dann ...« Ich wische mir die Wangen trocken. »Dann war er nicht mein Mr. Right.«

»Jetzt sprechen wir dieselbe Sprache«, entgegnet Kate matt und kann mir damit ein kurzes Lächeln entlocken.

»Danke«, sage ich ins Smartphone. *Für deine Worte. Und einfach dafür, dass du da bist.*

»Gern geschehen. Aber die Rechnung teilen wir uns. Schließlich verdienst du in deinem neuen

Job mehr als in deinem alten, wenn ich mich recht erinnere.«

»Hm?«

»Na, du bedankst dich doch sicher deswegen bei mir, weil ich morgen Abend mit dir ausgehe, um zu feiern und das Leben ohne Vollidioten zu genießen. Keine Sorge, du weißt ja, ich kenne die besten Bars in der ganzen Stadt und weiß, wie man das Leben als Single genießt.«

»Äh ...«

»Soll ich um acht bei dir sein? Dann stylen wir uns gemeinsam. Morgen ist Freitag, das passt perfekt. Wir ziehen um die Häuser, nur wir zwei Mädels, genau wie früher in Seattle, das wird schön!«

»Kate, ich ...« *Ich weiß nicht, ob mir zum Feiern zumute ist – vielleicht verkrieche ich mich lieber weiter zu Hause und plündere meinen Schokoladenvorrat,* will ich gerade zu ihr sagen.

Doch dann muss ich an gestern denken. Daran, wie eiskalt Dean zu mir gewesen ist. Wie überfordert ich ihm am Tisch gegenübergesessen habe. Wie wenig ich ihm von all dem Schmerz und der Verwirrung, die er mir verpasst hat, zeigen konnte. Wie ich einfach gegangen bin. Wie er gar nicht erst versucht hat, mich aufzuhalten. Wie die alte Dame in der U-Bahn zu mir meinte, dass es gut sei, seinen Gefühlen freien Lauf zu lassen. Und wie schlecht mir das gelungen ist, selbst allein daheim, als ich versucht habe, Deans Sachen wegzuschmeißen – die Betonung liegt definitiv auf *versucht.*

»Ja?«, fragt sie.

Und auf einmal kommt mir ein Gedanke: Ich will mich nicht verkriechen.

Nicht, um Dean oder sonst irgendjemandem damit etwas zu beweisen.

Sondern für mich selbst.

Kate stockt der Atem. »Hey, bist du noch da?«

»Äh, ja! Ich wollte gerade sagen: Komm gerne schon um sieben zu mir. Ich koche uns etwas Leckeres, bevor wir losziehen.«

»Super!«

2. KAPITEL

TYLER

Stille umgibt uns. Aus irgendeinem Grund bin ich in Schweigen verfallen, nachdem Hannah mir eine Frage gestellt hat, die aus drei simplen Worten besteht:

Ist das alles?

Schon oft habe ich diese Frage gehört, insbesondere aus ihrem Mund. Seit zwei Jahren schon ist Hannah meine Assistentin, und das hat zwei Gründe: Weil ihr der Job Spaß zu machen scheint und weil sie gut ist in dem, was sie tut. Wann immer sie in meinem Büro steht, um etwas mit mir zu besprechen, fragt sie mich am Ende unseres Gesprächs, ob es noch etwas gibt, das sie für mich erledigen könnte. Das macht eine fähige Assistentin aus.

»Tyler?«, fragt sie nach, weil ich noch immer nichts geantwortet habe, und schenkt mir ihr bezauberndes Lächeln. »Was ist los, Boss, hat es dir die Sprache verschlagen?« Sie zwinkert und lacht süß. Im nächsten Moment wirft sie sich die langen, blonden Haare nach hinten und verlagert das Gewicht auf ihren langen, schlanken Beinen, die in dem engen Business-Rock perfekt zur Geltung kommen.

Ein Schmunzeln huscht über meine Lippen, während ich mich im schwarzen Chefsessel zurücklehne und mir mit den Fingern den gestutzten Bart reibe.

»So kenne ich dich ja gar nicht«, raunt sie und schreitet mit einem netten Hüftschwung auf mich zu. »Hat dich irgendetwas aus dem Konzept gebracht?«

Meine Hand sinkt zurück auf den Mahagoni-Schreibtisch und faltet sich mit der anderen zusammen.

Grinsend tritt Hannah an den Tisch heran, beugt sich vor und legt ebenfalls die Hände auf das edle, dunkle Holz. Dadurch ist sie mir nun auffällig nahe und setzt zweifellos ihr Dekolleté in Szene. »Soll ich meine Frage wiederholen?«, haucht sie.

Ich halte ihrem Blick stand. »Du genießt das richtig, nicht wahr?«

Einige Sekunden lang sehen wir uns tief in die Augen.

Plötzlich lacht sie und richtet den Oberkörper wieder auf, entfernt sich vom Tisch. »Wenn ich ehrlich sein soll: ja! Wann kommt es schon mal vor, dass Mr. Tyler Ward nicht mehr weiß, was er sagen soll? Und dann auch noch in seinem eigenen Unternehmen ... auf eine Frage, die ich ihm täglich stelle.« Amüsierten Blickes verschränkt sie die Arme. »Ja, Tyler, das genieße ich gerade ein bisschen.«

Ich seufze. »Es sei dir gegönnt.«

Schon ist es wieder so locker zwischen uns, wie ich es gewohnt bin. Denn noch etwas dürfte dazu beigetragen haben, dass wir es bereits seit zwei Jahren miteinander aushalten, obwohl wir intensiv zusammenarbeiten und viel Zeit miteinander verbringen: Hannah ist zarte 25 Jahre alt und äußerst hübsch anzusehen, das ist Fakt – aber ebenso ist es eine Tatsache, dass sie seit ihrer Jugend auf Frauen steht und schon glücklich vergeben gewesen ist, als sie sich für ihren Job als meine Assistentin bei unserer Personalleiterin Tanya vorgestellt hat. Von Anfang an konnte also niemand von uns beiden der Versuchung erliegen, die Chemie zwischen uns zum Anlass zu nehmen, um zusammen in der Kiste zu landen. Hannah interessiert sich nicht für Männer, obendrein verfolgt sie den Grundsatz, niemals etwas mit einer Kollegin anzufangen. Ich hingegen zähle nicht zu den Typen, die es nötig haben, eine liierte Frau zur Untreue zu verleiten oder gar in ihrer sexuellen Ausrichtung zu bekehren. Und so laufen Hannah und ich nicht Gefahr, unser Verhältnis zu verkomplizieren. Grundsätzlich ist es klug, wenn ich mich nicht dazu verleiten lasse, mit einer Mitarbeiterin in die Kiste zu steigen. Eine Klage wegen sexueller Belästigung hat man hier in den USA schneller am Hals, als man gucken kann. Wozu überhaupt das Risiko eingehen, dass es nach einer heißen, schnellen Nummer auf der Arbeit komisch wird? Dafür gibt es keinen Grund.

»Schon wieder«, sagt sie. »So schweigsam und in Gedanken versunken habe ich dich echt noch nie erlebt.« Nun weicht ihr amüsierter Blick doch einer besorgten Miene. »Alles in Ordnung, Tyler? Oder ist irgendetwas passiert?«

Ich räuspere mich. »Nein, es ist alles bestens. Es … war nur ein langer Tag.«

Verständnisvoll nickt sie. »Das stimmt. Es ist mal wieder spät geworden, und das, obwohl heute Freitag ist und die ganze Woche schon arbeitsreich war. Aber hey, dafür haben wir endlich den Deal mit *Westhouse Inc.* in der Tasche.«

»Ja«. Zufrieden lächle ich und verschränke die Arme hinter dem Kopf. »Ab sofort werden sie uns exklusiv beliefern. Das ist perfekt.«

»Mit dieser Erkenntnis geht man doch gerne ins Wochenende, oder?«

»Dann bist du mir nicht böse, dass ich dich in den letzten Tagen besonders viel in Anspruch genommen habe?«, frage ich sie grinsend.

Hannah winkt ab. »Machst du Witze? Von dem Geld für die letzten Überstunden habe ich Tickets für *My Fair Lady* gekauft. Sarah liebt das Musical, kennt aber die neue Fassung, die momentan im Chicago Theater läuft, noch nicht. Morgen haben wir Jahrestag, da werde ich sie mit den Karten überraschen.« Freudig strahlt sie mich an und wirkt ganz aufgeregt.

»Ach so, ihr habt Jahrestag. Schon wieder?«

»Ja, Tyler. So wie jedes Jahr. Das haben Jahrestage so an sich.«

»Sehr witzig. Aber ...« Ich ziehe einen Mundwinkel hoch. »Nette Idee, die Tickets.«

»Ja, oder? Ich kann es gar nicht erwarten, ihr Gesicht zu sehen!«

»Hm, ja ...«, murmle ich und drohe mich wieder in lauter Gedanken zu verlieren. »Das ist wirklich schön. Also, für den Jahrestag. So sollte man ihn verbringen.«

Wieder umgibt uns eine Stille, die uns beiden fremd ist. Normalerweise gibt es solche stummen Augenblicke nicht zwischen Hannah und mir, da wir professionell zusammenarbeiten und uns bestens verstehen. Aber heute ist irgendetwas mit mir los, ohne dass ich mit ihr oder sonst irgendjemandem darüber sprechen kann. Das merke ich – und das merkt sie.

Außerdem scheint sie nicht recht zu wissen, wie sie meine letzte Bemerkung deuten soll. Gerade habe ich etwas darüber gesagt, wie man den Jahrestag mit seinem Partner verbringen sollte. Dabei wissen wir beide, dass ich seit Ewigkeiten keine feste Beziehung mehr hatte.

»Nun ...«, bricht sie leicht verunsichert das erneut aufgekommene Schweigen und findet zu ihrem charmanten Lächeln zurück. »Heute haben Sarah und ich ja noch nicht Jahrestag, das heißt ...« Sie klemmt sich die blonde Mähne hinters Ohr. »Wenn ich noch bleiben soll ...«

Ich verstehe. Damit macht sie mir ein diskretes Angebot. Für den Fall, dass ich jemanden zum

Reden brauche. Am späten Freitagabend. Nach einer langen Woche. Das kann ich nicht annehmen.

»Nein«, erwidere ich. »Wie gesagt, es ist alles bestens, aber ich freue mich ebenfalls aufs Wochenende.«

»Gut. Dann ... ist das alles, Mr. Ward?« Sie zwinkert.

Ich lache. »Ja, Hannah, das ist alles. Genieß das Wochenende, du hast es dir verdient.«

»Danke, Boss! Du auch.«

Mit einem letzten freundlichen Blick entlasse ich sie in den Feierabend.

Als sie hinter sich die Tür schließt, bin ich allein in meinem geräumigen Büro und starre auf den Bildschirm, der mir all die E-Mails anzeigt, die ich noch nicht beantwortet habe. Wieder bemerke ich die Stille um mich herum und komme ins Grübeln.

Ist das alles?

So oft habe ich diese Frage von Hannah schon gehört.

Aber eben hat sie mich damit irgendwie aus der Bahn geworfen.

Wie ist das möglich?

Vor zwei Jahren habe ich *Guard Electronics* von meinem Onkel übernommen und dafür meine eigene, kleinere Firma, die ich als Student gegründet habe, verkauft. Damals ist es mir wie ein Sechser im Lotto vorgekommen, CEO einer so großen und weltweit erfolgreichen Firma zu werden. Nichts war mir wichtiger, als mich als würdiger Nachfolger zu beweisen, der mehr ist als bloß der Neffe des vorherigen Chefs. Ich wollte mir einen eigenen Namen machen, auch, damit die Mitarbeiter sich unter meiner Führung gut aufgehoben fühlen, die Investoren zufrieden sind, der Aktienkurs sich gut entwickelt und die Konkurrenz den nötigen Respekt vor dem Betrieb behält.

Natürlich geht es mir dabei auch um Anerkennung. Es wäre gelogen, würde ich etwas anderes behaupten. Was meine Kollegen über mich denken, vor allem die Abteilungsleiter, die teilweise deutlich älter sind als ich, ist mir auch auf persönlicher Ebene wichtig. Niemals würde ich zulassen, dass mich jemand vor meinen Mitarbeitern demütigt. Sollte es doch mal dazu kommen, dann würde ich denjenigen niemals ungestraft davonkommen lassen. Nein, auf keinen Fall. Die Leute müssen wissen, mit wem sie es zu tun haben und wo meine Grenzen liegen. Ich lasse mir nicht auf der Nase herumtanzen. Das ist wahnsinnig wichtig, um sich in der umkämpften Elektronik-Branche durchzusetzen. Aber es ist mir eben auch für mich persönlich wichtig. Ich brauche das einfach. Die Anerkennung. Den Respekt. Die Verantwortung. Die Wertschätzung.

Und was ich außerdem erreichen wollte, als ich CEO geworden bin, war das, worum mein Onkel mich noch gebeten hatte: den Deal mit *Westhouse Inc.* an Land zu ziehen. Lange Zeit hat der Hersteller sich geweigert, ausschließlich für uns zu produzieren. Aber jetzt konnte ich auch dieses Ziel erreichen. Alles läuft genau nach Plan, die neuen Umsatzzahlen haben meine Hoffnungen sogar übertroffen.

Und genau das ist das Problem.

Denn jetzt, wo ich all diese Ziele, die ich mir gesetzt hatte, erreicht habe ...

Was bleibt mir dann?

Was wünsche ich mir noch im Leben?

Oder ...

Ist das alles?

Abermals starre ich auf den Monitor, ohne wirklich die Betreffzeilen der aufgelaufenen E-Mails zu lesen.

Hm.

Vielleicht hat Hannah recht und ich sollte meine eigene Behauptung wahr werden lassen. Ich könnte das Wochenende als solches genießen, anstatt noch mehr zu arbeiten.

Kurzerhand greife ich zum Handy und gehe meine Kontakte durch. Hauptsächlich sind berufliche Telefonnummern in meinem Smartphone gespeichert. Schließlich lande ich bei Dennis Holt. Auch er ist Geschäftsführer eines erfolgreichen Unternehmens, allerdings ist er in einer anderen Branche tätig und wir kennen uns vom College. Damals hatten wir ein paar Kurse zusammen und haben gerne mal gemeinsam Chicago unsicher gemacht.

Ohne weiter darüber nachzudenken, rufe ich ihn an.

»Hallo?«, geht er ran. »Tyler?«

»Dennis, hi.« Pause. »Wie geht es dir?«

Er zögert. »Oh, hey, du bist es wirklich. Das ist ja eine Überraschung, von dir zu hören.«

»Ja, ich dachte mir, ich melde mich mal wieder. Wie laufen die Geschäfte bei dir?«

Im Hintergrund ist eine Frauenstimme zu hören. »Es läuft gut, aber momentan habe ich Urlaub und wir packen gerade. ... Ja, Moment, Schatz! ... Wo war ich? Ach ja, wir packen. Morgen geht der Flieger.«

»Ach so«, sage ich und kapiere spätestens in dem Moment, dass ich mir abschminken kann, Dennis dieses Wochenende noch zu Gesicht zu bekommen. »Wo geht es hin?«

»Nach Paris«, erwidert er, dann geht er ins Flüstern über: »Dort werde ich Melissa einen Antrag machen.« Auf einmal ruft er umso lauter: »Ja, Schatz, sofort!« Und dann geht es in normaler Lautstärke weiter: »Was gibt es bei dir Neues? *Guard Electronics* läuft prächtig, wie ich in den Fachmagazinen lese. Meinen Glückwunsch, Tyler.«

»Danke. Aber wer hier zu beglückwünschen ist, das bist ja wohl du. Zur Verlobung, meine ich. Gratuliere.«

»Noch habe ich sie nicht gefragt«, flüstert er. »Und ... Nein, Schatz, ich telefoniere nicht geschäftlich, du weißt doch, dass ich so spät abends nicht arbeite. Ich habe nur gerade einen Bekannten vom College am Telefon.«

Verunsichert lächle ich vor mich hin. »Tut mir leid, ich wollte euch nicht stören.«

»Sorry, es passt gerade leider nicht allzu gut. Der Flieger geht morgen ganz früh, und Melissas

Schwester war bis eben mit ihren Kindern da. Aber wenn ich wieder da bin, dann sollten wir uns mal treffen, okay? Auf ein Bier, oder auch zwei, wie in den alten Zeiten! Das ist sowieso längst überfällig.«

»Unbedingt«, entgegne ich erleichtert. »Weißt du noch, als wir die Brown-Brüder beim Billard fertiggemacht haben, obwohl die so arrogant gewesen sind?«

»Natürlich weiß ich das noch! Dabei hast du ganz nebenbei einen neuen Rekord in der Kneipe aufgestellt. Wie war das? Mit ... den wenigsten Stößen alle Kugeln einer Farbe versenken – in vier Runden hintereinander.«

»Das hast du aber schnell in den Schatten gestellt«, antworte ich amüsiert, »als du es beim Dart geschafft hast, deinen eigenen Pfeil mit einem anderen Pfeil aus der Scheibe zu katapultieren.«

Dennis lacht. »Zugegeben, das war ein Glückstreffer.«

»Bei mir auch!«

»Dann lass uns bald mal wieder versuchen, ob uns weitere Glückstreffer gelingen«, schlägt er vor.

»Nichts lieber als das. Und dann stoßen wir auch auf eure Verlobung an.«

»Mann, du versuchst echt, es zu verschreien, was?«

Beide lachen wir. Für einen Moment fühlt es sich zwischen uns wieder genauso an wie früher. Das lässt mich auf ein baldiges Wiedersehen mit Dennis freuen. Denn das stimmt: Es wird allerhöchste Zeit. Gut, dass ich ihn angerufen habe.

Aber dieses Wochenende soll es noch nicht so weit sein. Dennis hat – im Gegenteil zu mir – ein Privatleben. Deswegen klappt es bei ihm dermaßen kurzfristig nicht. Und so verabschieden wir uns voneinander und beenden das Gespräch.

***

Wenige Augenblicke später verlasse ich den Wolkenkratzer meiner Firma als einer der Letzten. Draußen ist es bereits dunkel und die Straßenbeleuchtung erhellt die Nacht. Die meisten Menschen, die an mir vorbeiziehen, haben offensichtlich schon vor Stunden Feierabend gemacht und sich umgezogen, um Chicagos kulturelles Angebot für Erwachsene zu genießen. Ich hingegen tigere gedankenversunken in meinem maßgeschneiderten, dunkelblauen Anzug durch die belebten Straßen. Bevor ich in den SUV steige und nach Hause fahre, will ich mir an der frischen Luft die Beine vertreten – vielleicht kann das den Philosophen, der in mir zum Vorschein gekommen ist, vertreiben.

Schweigsam und mit den Händen in den Hosentaschen schlendere ich durch das angebrochene Nachtleben der Großstadt. Hochhaus reiht sich an Hochhaus, die Gebäude leuchten um die Wette und spiegeln sich im Lake Michigan, an den die Metropole unmittelbar grenzt. Ich allerdings bin gerade in *Southwest Side* unterwegs und gelange mehr und mehr ins Kneipenviertel des Stadtteils. Feiernde Menschen kommen mir auf dem belebten Bürgersteig entgegen oder überholen mich. Sie grölen, plaudern, kichern, trinken. Die allermeisten von ihnen sind nicht allein, sondern ziehen mindestens zu zweit um die Häuser.

Ich bemerke grelles Make-up. Junggesellenabschieds-Trikots. Glitzerkleider. Paare, die sich an den Händen halten und frisch verliebt aussehen. Paare, die sich leidenschaftlich streiten. Ein Meer von Fremden voller eiserner Hoffnungen und geplatzter Träume.

Mir fällt auf, dass ich genauer auf meine Umgebung achte, als ich es sonst tue, wenn ich von einer Menschenmenge umgeben bin, etwa auf einer Gala oder einer Tagung.

Irgendetwas passiert mit mir.

Ich biege in die nächste Straße ein. Hier reiht sich Bar an Bar. Viele der Leute, an denen ich vorbeigehe, beachten mich nicht. Das ist der Vorteil einer Großstadt: wenn man möchte, ist man anonym. Der Nachteil ist: wenn man es nicht will, dann auch. Was von beidem trifft heute Abend auf mich zu?

Das wird mir spätestens bewusst, als mir zwei Frauen Anfang zwanzig in knappen Kleidern entgegenschreiten und ihre Blicke an mir kleben bleiben, so dass ich es unmöglich ignorieren kann. Eine wirkt angetrunkener als die andere. Im Slalom schlendern sie den Bürgersteig entlang und stützen sich dabei gegenseitig. Abwechselnd lachen, kichern und murmeln sie irgendetwas, und sehen immer wieder zu mir. Dennoch lasse ich mir nichts anmerken und will an ihnen vorbeiziehen.

»Guck dir den an«, tuschelt die eine zu ihrer Freundin, allerdings laut genug, damit ich es hören kann. »Heißer Typ, oder?«

»Und er ist allein.«

Allein ...

Schon lächeln sie mich an und wollen vor mir stehenbleiben. »Hi!«

Geistesgegenwärtig hebe ich die Hand und drücke die Lippen zu einem angedeuteten Lächeln zusammen.

Stutzend halten die Frauen an und überlegen, wie sie darauf reagieren sollen, da lasse ich sie auch schon hinter mir und setze meinen Weg fort, ohne mich noch einmal nach ihnen umzudrehen. Was sie daraufhin sagen, beachte ich gar nicht mehr. Längst habe ich gemerkt, dass ich heute Nacht niemanden mit nach Hause nehmen will, auch keine besten Freundinnen, die angetrunken in knappen Kleidern herumstolzieren.

Ja, diese Schnecken sind keine Kolleginnen von dir. Aber was könnten solch oberflächliche, alkoholisierte Geschöpfe dir schon geben, außer dass du dich hinterher noch einsamer fühlst?, faselt der neuentdeckte Philosoph in mir ... und fängt langsam an mich zu nerven.

Ich komme zu einer Bar, die mir bekannt vorkommt. Es ist ein Irish Pub, in dem ich das eine oder andere Mal mit Dennis gewesen bin. Wie gebannt bleibe ich vor dem Pub stehen und blicke auf den Eingang. Durch die Fenster sieht man, dass der Laden gut besucht ist, und dementsprechend klingt auch die Geräuschkulisse, die mit der hier draußen locker mithalten kann. Außerdem ist die Tür schon mehrmals aufgegangen, seit der Pub meine Aufmerksamkeit auf sich gezogen hat. Sogleich fühle ich mich in der Zeit zurückversetzt und sehe mich mit Dennis und anderen Kommilitonen drinnen feiern. Unbekümmert und frei. Als ich dann auch noch das Schild bemerke, auf dem steht, dass man im Pub noch immer Dart und Billard spielen kann, entlockt mir dies ein Schmunzeln. Mein Körper macht sich selbstständig und ich betrete den Pub. Irgendetwas zieht mich hinein. Eine magische, unsichtbare Kraft. Als drohe ich irgendetwas Wichtiges und Schicksalhaftes zu verpassen, wenn ich jetzt nicht reingehe.

Also tue ich es. Ich trete ein.

Die Luft ist etwas stickiger als draußen, aber auch das weckt nette Erinnerungen in mir. Irische Volksmusik dröhnt in meine Ohren, genau wie eh und je. Einige tanzen, grölen oder klatschen zum Takt. Ich kämpfe mich durch die Menschenmenge weiter ins Innere vor und steuere den Tresen an.

Ein einziges, symbolträchtiges Bier, dann verschwindest du wieder.

Der Laden ist brechend voll. Da ist es praktisch, wenn man überdurchschnittlich groß ist, ein breites Kreuz hat und es gewohnt ist, den Leuten direkt in die Augen zu sehen, sobald man sich ihnen nähert. Halte den Kopf hoch und strahle pure Dominanz aus, dann machen die Menschen dir anstandslos Platz. Das gilt sowohl für die

Geschäftswelt als auch für eine volle Bar mitten in der Großstadt. Und so nähere ich mich Schritt für Schritt dem Tresen.

Dann allerdings sehe ich drei blutjunge und schmächtige Männer an der Bar stehen, deren Gesichter mir vertraut sind. Ja, ich erinnere mich. Mark hat sie mir erst heute Mittag vorgestellt. Es sind die drei neuen College-Praktikanten, die während ihrer Semesterferien in der Controlling-Abteilung erste Berufserfahrungen sammeln. Anscheinend haben sie sich schon miteinander angefreundet und stoßen gerade auf ihre erste gemeinsam überstandene Arbeitswoche an. Und neben ihnen entdecke ich nun auch Mark, der gerade bezahlt hat und sich nun wieder ihnen zuwendet. Offenbar steckt der 45-jährige Abteilungsleiter hinter dem Treffen und hat den Studenten ein Bier ausgegeben.

So etwas habe ich noch nie gemacht. Nicht ein einziges Mal habe ich mich mit Kollegen, die so weit unter mir stehen, in einer Kneipe verabredet und sie auf einen Drink eingeladen. Nicht einmal, als ich mein allererstes Start-up hatte, noch zu College-Zeiten.

Wenn ich mal mit Kollegen essen oder trinken gehe, dann nur mit denjenigen, die direkt unter mir in der Nahrungskette stehen. Mit Männern und Frauen, die in meiner Firma einiges zu sagen haben. Die ebenso viel Respekt genießen wie ich. Und mit denen ich dabei die eine oder andere geschäftliche Angelegenheit besprechen kann. Mit

Abteilungsleitern wie Mark oder auch Andrew, ja, aber nicht mit irgendwelchen Praktikanten.

Das mag herzlos oder arrogant wirken, aber dahinter steckt ein verantwortungsbewusster Gedanke. Und dieser geht weit über die Frage hinaus, wann eine solche Verabredung überhaupt als Geschäftsausgabe gelten darf.

Denn: Ich kann einfach nicht zulassen, dass sich Berufliches und Privates bei mir zu stark vermischt. Das gilt sowohl für weibliche als auch für männliche Kollegen. Alles muss unkompliziert bleiben.

Außerdem habe ich stets mein Image im Kopf. Praktikanten bleiben gerade mal ein paar Wochen bis Monate bei *Guard Electronics,* dann ziehen sie weiter und arbeiten später vielleicht sogar bei der Konkurrenz. So jemand darf mich nicht angeheitert erleben, geschweige denn richtig betrunken. Ich könnte sonst etwas sagen oder tun, woraus man mir einen Strick drehen könnte. Oder es wäre umgekehrt und ich könnte mitbekommen, wie mein Gegenüber sich beim Feiern einen Fehltritt erlaubt, in welcher Form auch immer. Dann stünde ich vor der Entscheidung, ob ich das ohne Konsequenzen ließe oder nicht. Ich wäre also entweder der kaltherzige Boss, der seine Mitarbeiter gnadenlos abstraft, oder ein Weichei, das alles durchgehen lässt. Sollte sich auch nur eines davon herumsprechen, hätte ich eine Klage, eine Kündigung oder ein feindliches Übernahmeangebot auf dem Tisch, und zwar schneller, als ich ausnüchtern könnte.

Und deswegen darf ich nicht nachlässig sein. Niemals.

Nicht gegenüber einem Praktikanten und nicht gegenüber einer hübschen Mitarbeiterin.

Sex, Drugs and Rock'n'Roll haben im Berufsleben nichts zu suchen, sonst bricht einem das früher oder später das Genick.

So funktionieren die Spielregeln.

Beherrsche diese Regeln, oder du wirst beherrscht.

Achte bei jedem Schritt, den du machst, auf deine Ausstrahlung. Dementsprechend wirst du behandelt und dementsprechend wird dein Leben verlaufen. Es hat schließlich einen Grund, warum wir Tag für Tag im maßgeschneiderten Anzug aus dem Haus gehen.

Das hat mein Onkel gerne zu mir gesagt, um mich auf meinen Job als sein Nachfolger vorzubereiten.

Beherrsche die Regeln. Immer.

Mark scheint das lockerer zu sehen. Sonst würde er jetzt nicht breit grinsend kleine Gläser mit Wodka an die Praktikanten verteilen – und sich im nächsten Moment selbst einen der Kurzen greifen. Schon stoßen die vier Männer mit den Gläsern an und kippen den Wodka ihre Kehlen hinunter. Kaum haben sie die geleerten Gläser auf der Theke abgestellt, widmen sie sich sofort wieder ihren Bierflaschen.

»Ja?«, fragt mich der Barkeeper, als er endlich Zeit für mich hat, und erwartet meine Bestellung.

Doch mein Augenmerk richtet sich schnell zurück auf meine Mitarbeiter. Als sich Mark weiter in meine Richtung dreht, beschließe ich endgültig, besser kein Risiko einzugehen. Zügig wende ich mich ab und will das Weite suchen, ehe er mich erkennt. Dabei kollidiere ich allerdings mit einer Person, die gerade an mir vorbeigehen wollte. Mit Wucht stoßen wir zusammen. Die zwei Gläser, die sie in den Händen hält, donnern gegen meine Brust, aber auch an ihren Oberkörper. In hohem Bogen schwappt das Bier auf ihre und meine Kleidung. Ich höre, wie sie erschrocken die Luft anhält. In der darauffolgenden Sekunde spüre ich auch schon, wie mir das kalte, nasse Hemd am Leib klebt. Der Geruch von herbem Schwarzbier breitet sich aus, aber auch noch eine andere Duftnote steigt mir in die Nase. Dezentes, blumiges Frauenparfüm.

Die Frau reißt den Mund auf und starrt entsetzt an sich hinunter. »Oh nein!«, entfährt es ihr, als sie die dunklen Flecken auf ihrer hellgelben Bluse bemerkt. »Was zum …« Ihr Blick hebt sich in meinen.

»Mist«, sage ich. »Das war jetzt blöd.«

Da multipliziert sich ihre Empörung mit sich selbst und sie schaut mich mit bösesten Augen an. »Sind Sie noch bei Trost?«

Ich muss mich verhört haben! »Was?«

3. KAPITEL

AVA

»Was fällt Ihnen ein, mich anzurempeln und dann auch noch als blöd zu bezeichnen?«, keife ich und versuche, mich von dem eindringlichen Ausdruck seiner blauen Augen nicht aus dem Konzept bringen zu lassen.

Daraufhin wagt der Kerl es doch tatsächlich, sich ähnlich entsetzt zu geben, wie ich mich wahrhaftig fühle. »Wie bitte? Aber ...«

»Das ist ja mal wieder typisch Mann! Sämtliche Kerle auf diesem Planeten denken anscheinend, sie können sich alles erlauben, was? Rücksichtslos wird auf uns herumgetrampelt, in diesem Fall sogar wortwörtlich, und am Ende sind wir Frauen natürlich schuld an allem.«

Der Fremde sieht mich an, als wüsste er nicht, wovon ich spreche – aber diese Masche kann er sich schenken! »Ich wollte keineswegs ...« Er setzt ab und sortiert die Gedanken in seinem

Kopf scheinbar neu. »Ich habe nicht *Sie* als blöd bezeichnet, sondern die Situation.« Im nächsten Moment greift er sich eine Serviette und tupft sich das strahlend weiße Hemd ab. »Herrgott noch mal!«

Als ich ihn mit tiefer Stimme fluchen, nahezu knurren höre, fühle ich mich angegriffen und die nächste Sicherung in mir brennt durch. »Sparen Sie sich das!« Schwungvoll stelle ich die fast gänzlich geleerten Gläser auf dem Tresen ab, dabei bleiben meine Finger leicht an ihnen kleben. »Ich lasse mir die Schuld nicht in die Schuhe schieben, haben Sie verstanden? Heute nicht! Davon habe ich genug!«

Er seufzt. »Ist doch egal, wer Schuld hat. Passiert ist passiert. Was regen Sie sich jetzt so künstlich auf?«

Was?

Wie kann er es wagen!

»Ich! Rege! Mich! Nicht! Künstlich! Auf!«

»Man sieht‘s«, pfeffert er in ungläubigem Ton zurück.

Dieser eingebildete Anzugträger! Er ist doch echt ...

»Tyler?«, sagt jemand und nähert sich ihm.

Oh Scheiße, steht dem Fremden, mit dem ich zusammengestoßen bin, in sein perfektes Gesicht geschrieben.

Als hätte ihn gerade jemand erkannt, von dem er nicht erkannt werden wollte. Dies hat er allerdings für einen kurzen Augenblick vergessen, was ihm nun zum Verhängnis geworden ist.

Tja, diese Konsequenz hätte er sich früher überlegen sollen, wenn er hier so achtlos herumstolziert und sich dann nicht einmal anständig bei mir entschuldigen kann!

Das ärgert mich, und diesem Gefühl in mir lasse ich freien Lauf. Diesmal bin ich dazu fähig.

»Hey«, sagt der andere Mann, der wesentlich älter aussieht, und gesellt sich zu ihm. »Du bist es wirklich.« Er gibt ihm die Hand. »Tyler! Was machst du denn hier?«

Tyler. Dieser Name scheint mich momentan zu verfolgen. Erst vor ein paar Stunden habe ich mir wieder ein paar Hintergrundinformationen über meinen neuen Arbeitgeber durchgelesen, um für meinen ersten Arbeitstag kommenden Montag besser vorbereitet zu sein. Im Zuge dessen habe ich jenen Namen mehrmals lesen dürfen.

Ist ja auch egal.

Zähneknirschend wendet Tyler sich ihm zu. »Hey Mark. Schön, dich zu sehen.«

Drei weitere Männer kommen hinzu. Sie sehen wesentlich jünger aus und machen einen eingeschüchterten Eindruck, als sie Tyler begrüßen und ein paar Höflichkeiten mit ihm austauschen. Wenn ich das richtig interpretiere, handelt es sich um Arbeitskollegen. Immer wieder linsen die jüngeren Männer verstohlen zu mir. Wahrscheinlich haben sie den Vorfall zwischen ihrem Kollegen Tyler und mir mitbekommen.

»Ava?«, ertönt es neben mir und ich bemerke Kate.

Perplex blicke ich sie an.

»Ist alles in Ordnung?«, möchte sie wissen und fixiert die Herren, die uns gegenüberstehen. Sie räuspert sich. »Oh, wer ist das?« Mir entgeht nicht, dass ihr Blick an Tyler haften bleibt. Von den fünf Männern ist er am ehesten in unserem Alter und sieht, das muss ich zugeben, mit Abstand am attraktivsten aus.

Anstatt auf die Fragen unserer Begleiter zu antworten, sehen Tyler und ich uns abermals an. Ein eiskalter Schauer läuft mir über den Rücken, kälter, als sich das Bier soeben an meinem Dekolleté anfühlt, seit es über mich geschwappt ist. Seinetwegen.

Dieses rücksichtslose Herumgetrampel ...

Dean hat mich fallen lassen, und dieser Tyler rennt mich fast über den Haufen. So groß und stark, wie er ist, hätte das übel für mich ausgehen können. Da muss er in einem so vollen Pub doch besser aufpassen, herrje!

Ach, er ärgert mich, dieser Tyler!

Er hat mich eben wahnsinnig geärgert, und das hat er einfach wissen sollen!

Er ist der Erste, der sich von uns beiden wieder regt. Kurzerhand schnappt er sich eine zweite Serviette und reicht sie mir. »Bitte.«

Okay? Damit habe ich jetzt nicht gerechnet.

Überfordert schaue ich auf die Serviette. Dann wieder in seine Augen. Dann zu Kate. Dann zu seinen Bekannten, die im Gegensatz zu ihm kein Jackett tragen und mich nun ebenfalls anstarren. Dann wieder zu ihm.

Irgendwie ist es mir ein Bedürfnis, ihnen allen zu zeigen, dass ich niemanden brauche. Und so begebe ich mich selbst zum Stehtisch und nehme mir eine Serviette aus dem Halter. Während ich mir die Bluse abtupfe, wende ich mich Kate zu. Damit ist die Sache für mich erledigt. Ich habe dem Typen meine Meinung gesagt – und fertig. Kopfschüttelnd seufze ich. »Tut mir leid, Süße, ich …«

»Hey, Miss«, fällt Tyler mir mit kräftiger Stimme ins Wort.

Längst ist ihm Kates Aufmerksamkeit wieder sicher. »Sag mal, kennst du den Typen?«, fragt sie mich, während sie ihn weiter von Kopf bis Fuß begutachtet.

»Nein«, zische ich und will nur noch auf sie achten. »Ich kenne ihn nicht. Aber er ist derjenige, der unser Bier verschüttet hat – auf mich.«

»Miss!«

Ich habe keine andere Wahl und drehe mich ebenfalls zurück zu ihm. Allerdings nur, um ihm klarzumachen, dass er sich seine Arroganz sonst wo hinstecken kann. »Meine Güte, sehen Sie denn nicht, dass ich mich mit meiner Freundin unterhalte? Sie wollen sich sowieso nicht entschuldigen, also brauchen Sie uns nicht weiter zu stören.«

»Nun, ich …«, sagt er noch, ehe ich mich von ihm abwende.

Reflexartig schnappe ich mir Kate am Handgelenk. »Komm, wir gehen!«

»Aber …«, meinen sie und Tyler im Chor.

Doch ich lasse mich nicht beirren und stampfe, meine Freundin hinterher zerrend, durch den gut besuchten Pub, bis zum Eingang.

Dann höre ich Kate hinter mir zu den Männern rufen: »Okay, bye!«

Mit Schwung drücke ich die Tür auf und gelange ins Freie. Nach einigen weiteren Schritten lasse ich Kate los und spüre, wie die unangenehme Anspannung, die ich empfunden habe, endlich von mir abfällt. Erleichtert atme ich durch.

»Puh ... die frische Luft tut gut.« Ich sehe zu Kate. »Sorry, aber ich konnte mir das nicht länger antun.«

»Ja, wow«, entgegnet sie matt und mustert nun *mich.* »Du bist gerade regelrecht geflüchtet.«

»Hm?«

»Vor diesem heißen Kerl.«

Tyler, schießt es mir sofort durch den Kopf. *Sie spricht natürlich von ihm.* Nach außen hin allerdings spiele ich aus irgendeinem Grund die Unwissende. »Wen meinst du?«

Da kommt sie näher und grinst mich an. »Das weißt du ganz genau.« Sie deutet nach drinnen. »Ich meine natürlich diesen blonden *Mr. Perfect* im dunkelblauen Anzug, mit dem du dich gerade so angeregt unterhalten hast!«

»Angeregt unterhalten?«, wiederhole ich skeptisch. »Er hat mich angerempelt, mit voller Wucht! Dadurch habe ich unser Bier verschüttet – über meine neue Bluse!«

»Und über ihn«, murmelt sie und blickt abermals durchs Fenster. In diesem Moment wirkt

Kate, als würde sie sich den Anblick von Tyler im nassen Hemd sogleich zurück ins Gedächtnis rufen wollen. »Hm ... Mit voller Wucht, sagst du? Das muss wehgetan haben. Er sieht ziemlich stark aus.«

Ich halte inne. »Ja stimmt. Jetzt, wo du es sagst ... Das kommt auch noch hinzu!«

»Ach, das ist dir bisher gar nicht aufgefallen, dass er dir einen blauen Fleck verpasst haben könnte?« Mit amüsierter Miene verschränkt Kate die Arme und schenkt mir einen Blick, der mich so fühlen lassen soll, als hätte sie mich bei irgendetwas ertappt. »Was hat dich denn bis eben vom Schmerz abgelenkt, wenn ich fragen darf?«

»Gar nichts!«

Das scheint sie mir kein Stück abzukaufen.

»Na ja, dieser Tyler eben!«

»Tyler also? Interessant, wir kennen seinen Namen. Kennt er auch deinen? Wie weit seid ihr mit eurem Flirt noch gekommen?«

Da setze ich mich in Bewegung. »Das war doch kein Flirt!«

»Siehst du?« Lachend folgt sie mir. »Du flüchtest schon wieder.«

»Und wovor, wenn ich fragen darf?«

»Das wollte ich *dich* gerade fragen, Süße. Macht der attraktive Tyler mit seinen breiten Schultern und diesen tollen blauen Augen dich nervös?«

Kopfschüttelnd marschiere ich weiter. »So ein Unsinn.« Ich schnaufe. »Er war unverschämt, und das regt mich auf. Das steckt dahinter. Okay?«

»Okay. Wenn du sagst, dass er sich unmöglich verhalten hat, dann glaube ich dir das natürlich.«

»Das hat er.« Ich zögere »Ja, doch. Und wie.«

»Alles klar. Dann mögen wir Tyler nicht.«

»Nein!«, gebe ich ihr sofort recht. »Das tun wir keineswegs.«

»Ist gut. Das habe ich in meinem Kopf abgespeichert.«

»Tut mir leid, Kate. Wir wollten ja eigentlich noch länger in diesem angesagten Pub bleiben, aber ... na ja.«

»Ach, ist doch egal.« Gelassen winkt sie ab. »Dann gehen wir eben in eine andere Bar. Irgendwohin, wo unverschämte Männer, die zum Anbeißen aussehen, keinen Zutritt haben.«

Über diesen Scherz verziehe ich den Mund.

Daraufhin stupst sie mich kichernd an. »Ist doch in Ordnung, wirklich! Hauptsache, wir verbringen den Abend gemeinsam und haben Spaß.«

Ich bleibe stehen und sehe sie flehend an. »Wäre es auch okay für dich, wenn wir die Kneipentour abbrechen und einfach zu dir gehen? Vielleicht können wir einen lustigen Film schauen oder so ...«

»Na klar, wieso nicht? Ich habe einen *Netflix*-Account und genügend Schokoladeneis parat.«

Dankbar lächle ich sie an. »Du bist ein Schatz.«

***

Am nächsten Morgen stehe ich in Kates Küche und bereite uns gerade Rührei zu, als sie hinzukommt.

»Mmh!«, macht sie grinsend und schnuppert demonstrativ. »Hier riecht es ja gut! Du bist schon wach und machst uns Frühstück?« In ihrem helllila Bademantel tapst sie zur Kaffeemaschine. »Dabei bin ich doch die Gastgeberin.«

»Kein Problem, das mache ich gerne«, erwidere ich und rühre die Eier weiter in der Pfanne um. »Dank dir hatte ich einen schönen Abend und außerdem gut geschlafen.«

»Oh ja.« Neugierig blickt sie mich an. »Als wir uns erst *Rapunzel* und dann auch noch *Frozen* angesehen haben, warst du richtig gut drauf. Wir haben Eis gegessen, herumgealbert, mitgesungen, mitgesprochen, mitgefiebert ... und kaum haben wir später die Couch zum Bett umfunktioniert, bist du auch schon friedlich weggeschlummert.«

»Na ja, diese süßen Filme machen einfach gute Laune, oder?«

»Absolut! Für *Disney* ist man nie zu alt.« Zufrieden seufzt sie. »Ach, Ava! Ich bin echt froh, dass es dir gut zu gehen scheint. Ich weiß, damit lenke ich die Aufmerksamkeit auf einen gewissen Vollidioten ...«

Was? Meint sie etwa Tyler?

»Aber es kommt mir wirklich so vor, als würdest du mit der Trennung doch ganz gut klarkommen«, fährt sie fort.

Ach so! Es geht um Dean. Stimmt, den gibt es ja auch noch. Um ihn zu vergessen, haben Kate und ich uns überhaupt verabredet. Nun, es hat funktioniert! Ich habe gestern Abend kein einziges Mal an ihn gedacht. Ist das nicht erstaunlich?

»Scheint so«, antworte ich auf ihre Feststellung. »Ja, wirklich. Mir geht es gut. Das Leben geht weiter. Ich komme klar.«

»In der Tat.«

»Erstaunlich, was ein Filmeabend mit einer guten Freundin bewirken kann«, sage ich.

»Ja.«

»Ja.«

»Hm ...«, macht sie.

Nickend rühre ich die Eier um. Und spüre Kates erwartungsvollen Blick auf mir. Eigentlich wollte sie sich gerade um den Kaffee kümmern. Doch stattdessen schaut sie mich an und scheint irgendetwas Bestimmtes zu erwarten.

Ich rühre die Eier.

Sie starrt mich an.

Ich mache den Herd aus.

Sie starrt mich an.

Ich hole zwei Teller aus dem Hängeschrank.

Sie starrt mich an.

»Okay, okay!« Ich hebe die Hände. »Sieh mich nicht so an, ja? Ich gebe es zu: Es gibt vielleicht noch einen anderen Grund dafür, dass ich beim Filmabend gut drauf war und dann sofort einschlafen konnte.«

»Uuuuuund?«, hakt sie grinsend nach und kommt ganz nahe. »Wie heißt dieser Grund?«

Ein Seufzen meinerseits. »Tyler ...«

»Ha!«, macht sie vergnügt, schnappt sich den Pfannenwender, springt nach hinten und zeigt mit dem Wender auf mich. »Ich wusste es!«

Sogleich spüre ich, dass meine Wangen wärmer werden. »Ja, zugegeben, der Kerl ist unfassbar heiß.«

»Wow, Ava! Da lässt man dich einmal allein Bier holen, und dann so etwas!«

»Wieso?« Ich zucke mit den Schultern. »Hey, ich kenne den Typen echt nicht und wir haben auch nicht geflirtet, okay? Es war einfach nur …«

Ja, was eigentlich?

»Oh Gott, Kate, ich habe ihn angemeckert …« Plötzlich werde ich nervös und muss irgendetwas tun, also widme ich mich wieder dem Rührei und fülle es uns auf die Teller.

»Weil ihr zusammengestoßen seid, richtig? Also, einfach deswegen? Oder war er tatsächlich blöd zu dir? Erzähl mir alles!«

»Keine Ahnung.« Ich setze mich an den Tisch.

Endlich kann Kate sich der Kaffeemaschine widmen, doch sie wirkt nach wie vor aufgeregt. »Was soll das heißen – keine Ahnung? Was hat er denn gesagt?«

Dass ich blöd bin, jagt es mir durch den Kopf.

Aber stimmt das wirklich?

»Entschuldigt hat er sich nicht«, fährt sie fort, weil ich still bleibe.

Nicht direkt. Aber wenn ich jetzt darüber nachdenke, kann es sein, dass er es versucht hat und ich ihm bloß keine Chance dazu gegeben habe.

»Und stattdessen hat er fiese Dinge zu dir gesagt?«

Eigentlich habe nur ich fiese Dinge von mir gegeben, ist mein erster Gedanke dazu.

Ich schlage die Hände vor den Mund. »Oh Gott! Kate ...«

»Hm?«

»Ich glaube, ich habe ihm Unrecht getan!«

»Wirklich?«

»Ich bin mir nicht sicher, aber es könnte sein! Ja, doch!«

»Moment mal, von vorne!« Sie stellt die zwei Kaffeetassen auf dem Tisch ab und setzt sich mir gegenüber. »Was war los? Was habt ihr zueinander gesagt? Und wer hat wen blöd angemacht?«

Da muss ich schlucken. »Ich, Kate. Ich habe ihn blöd angemacht.« Mehr und mehr wird mir klar, dass es so gewesen ist. »Du meine Güte! I-Ich ... Weißt du, nach der Sache mit Dean wollte ich unbedingt für mich und meine Empfindungen einstehen und, na ja, ich befürchte, der Schuss ist gewaltig nach hinten losgegangen.«

»Ach, Süße, bestimmt gehst du jetzt zu hart mit dir selbst ins Gericht«, meint sie und nimmt den ersten Bissen vom Rührei. »Mmh, lecker! Was ist da drin, Milch?«

»Sahne und Kräuter.«

»Cool! Wusste gar nicht, dass ich so etwas noch im Haus habe.«

Ich lache. »Jetzt weißt du es.« Dann werde ich wieder ernst. »Nein, wirklich: Ich habe meinen Frust über Dean an Tyler ausgelassen. Deswegen habe ich ihm sogar einen Vortrag darüber gehalten, wie rücksichtslos Männer mit Frauen umgehen.«

Fast verschluckt sie sich. »Das hast du zu ihm gesagt?«

»Ja.«

»Weil ihr in einer vollen Bar zusammengestoßen seid?«

»Ja!«

Daraufhin schweigt sie.

Ich hingegen raufe mir die ungekämmten, braunen Haare. »Ich bin echt bescheuert!«

Abermals winkt sie ab und will mich beruhigen. »Wie gesagt: Bestimmt hat er es gar nicht so schlimm wahrgenommen, wie du dich jetzt daran erinnerst.«

»Wer weiß. Aber die anderen waren seine Kollegen, glaube ich. Und die haben es auch mitbekommen. Oh Gott, ist mir das mittlerweile peinlich!«

»Weil du ihn wiedersehen willst.«

Ich zucke zusammen. »Was?«

»Na, du hoffst, ihn wiederzusehen. Warum sonst sollte es dich überhaupt noch kümmern, was er über dich und eure Begegnung denkt?«

Mein Mund öffnet sich, doch zunächst wollen keine Worte aus mir herauskommen. Unterdessen wird mein Rührei kalt. »Ich kenne ihn gar nicht. Kein Stück. Ich habe diesen Mann niemals zuvor gesehen und weiß nicht einmal, wie er mit Nachnamen heißt oder was er beruflich treibt. Dieser kurze Moment zwischen uns war der einzige, der jemals stattgefunden hat.«

»Ja und?« Diesmal ist Kate diejenige, die mit den Achseln zuckt. »Das lässt sich ändern. Aber

Fakt ist, dass du dich von der ersten Sekunde an zu ihm hingezogen gefühlt hast. Der Kerl hat es dir angetan und dich umgehauen, es hat dich voll erwischt. Wegen Dean hast du Tyler blöd angemacht. Aber wegen Tyler selbst bist du dann nervös geworden und musstest aus dem Pub flüchten, oder?«

Durchatmen. »Also echt, du hättest Psychologin werden sollen …«

Sie lacht. »Im nächsten Leben vielleicht. Aber dann habe ich recht?«

Ich stochere im Rührei herum und schüttle den Kopf. »Ich werde ihn niemals wiedersehen.«

Kate holt Luft und will etwas erwidern.

»Und das ist auch gut so. Denn unsere Begegnung ist mir inzwischen echt peinlich, und daran müsste ich sonst immer wieder denken. Lass uns den Vorfall einfach vergessen. Das ist das Beste.«

»Aber meinst du nicht, dass sich das schnell zwischen euch klären ließe?«

»Was soll ich ihm denn sagen, um mein Verhalten zu erklären? Dass ich eiskalt abserviert worden bin und er dafür als Sündenbock herhalten durfte? Nein, danke.«

Leicht drückt sie die Lippen aufeinander.

»Sehen wir der Wahrheit ins Auge«, füge ich an. »Dieser Tyler hält mich für bekloppt und wäre sowieso nicht an einem Wiedersehen interessiert. Und – weißt du was? Das ist in Ordnung für mich. Dass ich Dean nicht hinterhertrauen will, nachdem er mich grundlos fallen lassen hat, ist die eine

Sache. Doch genauso wichtig ist es für mich zu erkennen, dass ich erst mal überhaupt keinen Mann brauche.«

»Ich muss sagen: Dieser Gedanke gefällt mir.« Sie nimmt ihre Tasse in die Hand. »Darauf stoßen wir an!«

Lachend nehme ich meine Tasse und lasse sie vorsichtig gegen ihre stoßen. »Du bist schließlich auch glücklich als Single, oder?«

Sie nickt. »Eine feste Beziehung interessiert mich momentan nicht. Aber dafür muss man der Typ sein.«

»Für die nächste Zeit will ich auch dieser Typ Frau sein. Unabhängig, zufrieden mit mir selbst und bereit für meinen neuen Job.«

»Super Einstellung!« Wieder lässt sie unsere Kaffeetassen aneinander klirren. »Ich mochte die alte Ava natürlich, aber die neue Ava mag ich auch.«

Ich lächle.

Die neue Ava.

Von nun an spielt sich mein Leben ohne Dean an meiner Seite ab. Niemals wieder werden wir zusammen auf der Couch kuscheln und uns Horrorfilme ansehen, über die er sich lustig macht, während ich einen Schreck nach dem anderen durchlebe. Niemals wieder kann ich ihn mit einem selbstgekochten Abendessen in seiner maßgefertigten Küche überraschen, welche er selbst kaum benutzt. Niemals wieder vermag er mir zu erzählen, welche Heldentaten er als Unfallchirurg vollbringt. Niemals wieder darf ich ihn zu seinen liebenswerten Eltern begleiten und mir ihre süße Geschichte darüber anhören, wie sie sich beim Schlittschuhlaufen kennengelernt haben.

Niemals wieder.

Mein Leben ohne Dean.

Denn ab sofort bin ich die neue Ava.

Die neue Ava ...

Eine Frau Ende zwanzig, in der Blüte ihres Lebens. Eine Frau, die keinen Mann braucht, um glücklich zu sein. Die jetzt voll durchstarten und einen guten Job machen wird. Die für ihre Gefühle einsteht. Die dabei aber besser keine fremden Männer mehr unbegründet anmotzen sollte.

Die neue Ava.

So ist es.

***

»Gut, Ms. Montgomery«, sagt die Personalleiterin zu mir, erhebt sich vom Stuhl und streicht sich instinktiv das graue Businesskleid glatt. »Dann können Sie sich erst mal mit dem vorläufigen Mitarbeiterausweis frei durch diese Etage hier bewegen und bekommen bald Ihren individualisierten Pass über die Hauspost ausgehändigt. Somit dürften wir fürs Erste alles besprochen haben. Oder haben Sie noch eine Frage?«

Auch ich stehe auf und reiche ihr schon mal die Hand, eine Gestik zur Verabschiedung, die sie sogleich erwidert. »Nein, Mrs. Field, Sie haben mir alles wunderbar erklärt, deswegen fällt mir beim besten Willen nichts mehr ein. Wobei – eine Sache vielleicht noch, wenn Sie mir diese Frage erlauben.«

»Natürlich. Nur zu.«

»Ich habe bisher in einer kleineren Firma gearbeitet, und dort war es üblich, sich beim Vornamen anzureden, sobald man sich besser kennt. Wie wird das hier gehandhabt?«

Verhalten lächelt sie und nimmt ein paar Unterlagen in die Hand. »In einem so großen Unternehmen wie *Guard Electronics* ist das eher unüblich. Jedenfalls außerhalb der eigenen Abteilung und der eigenen Verantwortungsebene.«

»Ich verstehe«, entgegne ich. »Das habe ich mir schon gedacht, aber ich wollte gerne sichergehen.«

Tanya Field nickt. Da sie ihr dunkles Haar streng hochgesteckt trägt, bewegt es sich bei der Kopfbewegung keinen Millimeter.

»Gut, dann weiß ich Bescheid. Haben Sie vielen Dank.«

Die Personalleiterin deutet auf den Ausgang ihres Büros und setzt sich auch schon dorthin in Bewegung. »Kommen Sie. Ich muss sowieso in die Richtung und kann Sie ausnahmsweise direkt zu Ihrem neuen Arbeitsplatz führen.«

»Oh, vielen Dank.«

Getreu folge ich ihr durch den ewig langen Flur, hier im fünfzehnten Stock des Hochhauses, in dem *Guard Electronics* die unzähligen Büros seines Hauptsitzes hat. Bei all der Distanz, die Tanya Field ausstrahlt, wage ich es natürlich nicht, auf ihre Höhe aufzuschließen. So flink, wie sie auf ihren High Heels marschiert, würde mir das sowieso schwerfallen. Auch ich kann mich auf Absätzen zwar gut bewegen, aber diese Frau, die schon seit einigen Jahren hier zu arbeiten scheint, legt ein ordentliches Tempo vor. *Zeit ist Geld. Gib Vollgas, oder du wirst aussortiert.* Ich glaube, das ist genau die Herausforderung, die ich jetzt brauche.

Sie biegt in einen größeren Raum ein, an dessen Tür *Warenwirtschaft Ausland* steht. Ich tue es ihr gleich und erblicke ein Büro mit etwa zehn Arbeitsplätzen. Die Schreibtische sind gleichmäßig im Zimmer verteilt und sehen modern ausgestattet aus. An den meisten sitzen bereits meine neuen Kollegen und wirken ganz auf ihre Aufgaben konzentriert.

Tanya Field bleibt stehen. »Dort ist Ihr Platz«, lässt sie mich wissen und deutet auf den freien Drehstuhl weiter hinten.

»Vielen Dank.«

»Ich bitte um Ihre Aufmerksamkeit«, sagt sie lauter.

Alle blicken auf.

»Das ist Ava Montgomery, Ihre neue Kollegin. Ab sofort wird sie Sie in Ihrer Abteilung unterstützen.«

Zügig stelle ich zu jedem Einzelnen Blickkontakt her. »Hallo. Es freut mich, Sie kennenzulernen.«

Alle stehen auf und ich darf Hände schütteln.

»Hallo, Ms. Montgomery.«

»Willkommen an Bord.«

»Uns freut es auch.«

»Bei Fragen können Sie sich an mich wenden.«

»Guten Tag.«

»Schön, endlich haben wir Verstärkung im Team.«

Gott sei Dank, meine neuen Kollegen wirken nett! Das ist ein prima Anfang.

Ich lächle. »Danke schön.«

»Gut.« Schon wendet die Personalleiterin sich ab und geht. Die anderen Anwesenden scheinen sich darüber weder zu wundern noch ihr das übelzunehmen. Für Smalltalk ist ihr Terminkalender einfach zu voll und die Angestellten in diesem Unternehmen sind zu zahlreich.

»Kommen Sie«, höre ich sie aus dem Flur rufen. »Ihr Abteilungsleiter ist nebenan.«

»Oh!«, mache ich und nehme flink die Verfolgung auf.

Zielstrebig schreitet sie den Korridor entlang, bis sie die nächste Tür erreicht. Dann klopft sie zweimal kräftig. »Ja?«, ertönt eine Männerstimme durch die Wand.

Tanya Field macht die Tür auf und tritt ein. »Mr. Spades, ich bringe Ihnen Ihre neue Mitarbeiterin.«

»Natürlich. Bitte, kommen Sie herein.«

Andrew Spades, geht es mir durch den Kopf, während ich der Personalleiterin zu seinem Büro folge. *Leiter der Warenwirtschaft und mein neuer Vorgesetzter.* Natürlich erinnere ich mich aus dem Bewerbungsgespräch an ihn. Außerdem habe ich erst gestern einen Artikel im Internet gefunden, in dem er zitiert worden ist.

Als ich eintrete, steht er auf, knöpft sich das hellgraue Jackett zu und umrundet den Schreibtisch. Ein schlanker Mann Mitte vierzig mit krausen, leicht ergrauten Haaren kommt auf mich zu. »Ms. Montgomery«, begrüßt er mich mit einem Lächeln und gibt mir die Hand.

»Guten Tag Mr. Spades. Schön, Sie wiederzusehen und ab sofort in Ihrem Team arbeiten zu dürfen.«

»Die Freude ist ganz meinerseits«, antwortet er freundlich. »Schließlich haben Sie Mrs. Field und mich in Ihrem Interview überzeugt.«

»Dann will ich Sie nicht enttäuschen.«

»Gute Einstellung.« Er zwinkert.

Verhalten lache ich.

»Brauchen Sie noch etwas von mir, Mr. Spades?«, fragt die Personalleiterin.

Instinktiv sehe ich wieder zu ihm, da er ihr jetzt bestimmt etwas antworten will. Tatsächlich atmet er ein und schüttelt bereits den Kopf.

Da klopft es laut am Türrahmen. »Hey, kann ich kurz …« Die tiefe, männliche Stimme erstickt.

Als ich mich dem Besucher zuwende, trifft mich der Schlag!

Ich zucke zusammen, ein kalter Schauer jagt mir über den Rücken, gefolgt von einer unangenehmen Hitze. Nicht einmal ansatzweise kann ich verhindern, dass ich erschrocken die Augen aufreiße und ihn anstarre, als wäre er ein Außerirdischer.

Dabei ist die Wahrheit tausendmal heftiger.

»Tyler«, entfährt es mir perplex.

Nicht möglich!
Er arbeitet auch hier?

4. KAPITEL

AVA

Was folgt, ist betretenes Schweigen.

Ein zweites Mal erschaudere ich, als mir klar wird, dass ich soeben einen Kollegen beim Vornamen angesprochen habe, obwohl das in dieser Firma selbst unter langjährigen Mitarbeitern unüblich ist und ich sogar noch mit der Personalleiterin, die neben mir steht, darüber gesprochen habe.

Umso stärker schießt mir in der darauffolgenden Sekunde die Hitze in die Wangen.

»Ähh …«, bringe ich bloß panisch hervor.

»Hallo«, sagt er und kommt näher, reicht mir die Hand. »Sie sind neu hier, oder?«

Ähm …

Was?

Das ist seine erste Reaktion, jetzt, wo wir uns so unverhofft wiedersehen?

Natürlich.

Wir sind nicht allein.

»Ja«, erwidere ich kleinlaut und lasse mich auf ein Händeschütteln mit ihm ein.

Oh Gott, ich fühle mich, als würde ich jeden Moment umkippen! Ich schwitze total, vor allem jetzt, wo wir uns berühren und ich seine Finger an meinen spüre. Ob er das fühlen und mir ansehen kann, wie sehr mich seine Anwesenheit auch diesmal wieder aus der Bahn wirft? Ich bin zu durcheinander, um überhaupt sagen zu können, inwiefern ich gerade die alte oder die neue Ava bin!

Was passiert hier?

»Tyler Ward«, lässt er verlauten und hält mich mit seinem eindringlichen Blick an Ort und Stelle gefesselt. Noch immer hält seine starke Hand meine fest umklammert. »Freut mich, Sie kennenzulernen.«

Leicht ziehe ich meine Finger weg. Sofort reagiert er darauf und lässt mich los.

Tausend Gedanken und Gefühle schießen mir durch den Kopf!

Freut mich, Sie kennenzulernen?

Von wegen.

Wir lernen uns also jetzt erst kennen?

Und er freut sich darüber?

Nicht zu glauben – er zieht wieder eine Masche ab! Diesmal täuscht er vielleicht seine Kollegen, aber nicht mich. Doch er hat recht: Vor den anderen müssen wir die Fassung bewahren.

»Ava Montgomery«, stelle ich mich ihm offiziell vor. »Ich bin neu in der Warenwirtschaft.«

»Das dachte ich mir schon.« Kurz gilt sein Blick Andrew, meinem neuen direkten Vorgesetzten. Dann allerdings fokussiert er wieder mich. »Ava. Es ist mir ein Vergnügen. Herzlich Willkommen. Ich hoffe, Sie fühlen sich hier wohl und haben alles erhalten und erklärt bekommen, was Sie für den Anfang brauchen und wissen müssen.«

Meine Güte, der spielt sich ja auf, als würde ihm der Laden gehören.

Hat er es womöglich doch verdient, dass ich ihm im Pub die Meinung gegeigt habe?

Warum sonst sollte er so tun, als ...

Als wenn ...

Oh! Mein! Gott!

Tyler Ward?

Sagte er eben, sein Nachname wäre Ward?

Diesen Namen habe ich häufig gelesen, seit ich die Stellenanzeige entdeckt und mich schließlich darauf beworben habe.

Tyler Ward!

Inhaber von *Guard Electronics!*

Deswegen hatte ich am Freitag den Eindruck, dass mich dieser Name verfolgt!

Es handelt sich um dieselbe Person!

Das ... darf doch nicht ... wahr sein ...

Er ist der Boss meines Bosses?

Aber ...

Er ist der Rempler aus der Bar!

Mein Sündenbock.

Meine Sünde vom Wochenende – aber nicht auf die heiße Art.

Und so jung! Kaum älter als Anfang, vielleicht noch Mitte dreißig.

Oh Gott ... ich bin geliefert! Meinen neuen Job hier kann ich mir abschminken! Wenn er der CEO von dem Unternehmen hier ist, kann er mich schnurstracks rausschmeißen, ohne dafür auch nur mit dem Finger schnippen zu müssen! Was sollte ihn davon abhalten, genau das noch heute zu tun?

»Nun«, bricht Tanya Field die erneut aufgekommene Stille. »Wenn Sie mich entschuldigen würden?« Sie hält die Unterlagen etwas höher und widmet jedem von uns einen letzten Blick. »Ich muss zu meinem nächsten Termin. Tyler, steht unser Meeting um fünfzehn Uhr?«

»Selbstverständlich, Tanya.« Er nickt. »Bis dann.«

Allein ihm schenkt sie ein letztes Mal ihre kostbare Aufmerksamkeit, dann verschwindet sie aus dem Büro.

Tylers Blick haftet an mir und lässt mich unkontrolliert mit den Lippen zittern, doch dann wendet er sich Andrew Spades zu und tritt näher an diesen heran.

Dieser lacht und sieht uns abwechselnd an. »Wie jetzt – ihr kennt euch?«

Schon jagt der nächste Schauer durch meinen Körper.

»Nicht dass ich wüsste«, entgegnet Tyler, schlendert zum Schreibtisch und betrachtet die exquisite Dekoration. Gelassen zuckt er mit den breiten Schultern und wendet sich wieder uns zu. »Warum?«

Wow. Er wirkt echt entspannt. Kann er so gut schauspielern?

Nun gut, von einem Unternehmer seines Kalibers darf ich wohl nichts anderes erwarten.

»Ich dachte nur«, meint Andrew Spades. »Weil ihr euch beide gerade mit dem Vornamen angesprochen habt, wie es hier eigentlich nur unter Führungskräften üblich ist.«

»Sie hat angefangen.« Nach dieser Bemerkung sieht Tyler zu mir und zwinkert.

Äh …

Andrew Spades lacht. »Und Mut soll belohnt werden, was?«

»Es war eher Unwissenheit«, gebe ich ehrlich zu und lächle verunsichert. »Bitte entschuldigen Sie, Mr. Ward.«

»Unwissenheit?«, will er wissen und neigt leicht den Kopf. »Wie meinen Sie das, wenn ich fragen darf?«

»Na ja …« Ich muss schlucken.

Ist doch klar, was ich damit meine!

Ich habe nicht damit gerechnet, ihn überhaupt noch mal wiederzusehen, geschweige denn, dass er sich als mein neuer Boss herausstellt.

Aber wie soll ich das ansprechen, wenn mein neuer Vorgesetzter, Andrew Spades, ebenfalls anwesend ist?

Erneut ziehe ich die Mundwinkel aus lauter Verunsicherung auseinander. »Verzeihen Sie, Mr. Ward. Als Sie hereingekommen sind, habe ich Sie von den Pressefotos wiedererkannt. Da ist Ihr Vorname einfach so aus mir rausgeplatzt.«

Gelogen. Das ist ja so gelogen. Ich wusste nicht, wie der CEO aussieht, nur, wie er heißt.

»Verstehe«, erwidert er mit einem verhaltenen Nicken. »Das macht nichts, das kann jedem mal passieren, vor allem an seinem ersten Arbeitstag.«

Wow, er spielt den Verständnisvollen. Auch das könnte gelogen sein, um Andrew Spades etwas vorzuspielen.

»Zur Strafe müssen Sie mich jetzt aber immer beim Vornamen ansprechen«, fährt er fort.

Überrascht blicke ich ihn an.

»Wenn ich diesen Punkt einmal mit einer Person erreicht habe, dann bleibt es dabei.«

»Das stimmt«, meint Andrew Spades amüsiert. »Tja, Ms. Montgomery, ich würde sagen, für Ihren ersten Tag hier machen Sie erstaunliche Fortschritte.«

»Oh«, entfährt es mir verlegen. »Und das schon vor der Mittagspause.«

Beide Männer lachen.

»Mensch, da bin ich ja erleichtert«, sagt Andrew Spades und klopft Tyler auf die Schulter. »Ich hatte schon Angst, ihr würdet euch irgendwoher bereits kennen und du hättest es vergessen. Das ist normalerweise nämlich nicht deine Art – und dann hätte ich mir Sorgen um dich machen müssen.«

Wieder lacht Tyler, und mir fällt auf, wie charmant er dabei klingt. »Keine Bange, mir geht es gut.« Abermals fixiert er mich. »Gesichter und Namen vergesse ich nie. Doch das Vergnügen, Ava zu begegnen, habe ich in diesem Moment zum ersten Mal.«

Gelogen. Es ist ja so gelogen!

Oder?

Noch immer irritiert es mich, wie gelassen Tyler wirkt. Er scheint weder beschämt noch genervt zu sein.

Was hat es mit seinem Verhalten auf sich?

Will er ebenfalls einfach nur verhindern, dass Andrew Spades die Wahrheit über unsere erste Begegnung erfährt, wie ich zunächst angenommen habe, oder steckt doch etwas anderes dahinter?

Wenn ich ihm egal bin und ihn unser Vorfall in der Bar längst nicht mehr kümmert, dann wäre das doch gut! Denn dann muss ich vielleicht doch keine Kündigung befürchten.

Hm.

Mit einem so hohen Tier, wie Tyler Ward es als CEO in einer derart großen Firma ist, werde ich in Zukunft kaum zu tun haben, selbst wenn ich bleibe. Und eigentlich will ich das. Ich möchte gerne bleiben.

Ich versuche mich zu sortieren. »Jedenfalls möchte ich mich bei Ihnen für die Chance bedanken, die Sie mir geben. Es bedeutet mir viel, hier arbeiten zu dürfen.«

»Sie haben uns im Interview überzeugt«, wiederholt Andrew mit freundlicher Miene. »Deswegen freut es uns, dass Sie das Angebot von *West East Industries* abgelehnt und sich für uns entschieden haben.«

Mein Erstaunen steht mir vermutlich gerade ins Gesicht geschrieben.

Davon weiß er?

»Wir machen unsere Hausaufgaben«, lässt Tyler mich wissen.

Aufs Neue kämpfe ich damit, ebenso gelassen rüberzukommen. »Kein Wunder also, dass ich mich für diesen Job hier entschieden habe.«

Für diese Antwort ernte ich zufriedene Mienen.

»Brauchen Sie noch etwas von Mr. Spades?«, fragt Tyler mich. »Ich kann warten.«

Daraufhin winke ich ab. »Nein, ich wollte nur persönlich vorstellig werden, bevor ich mit der Arbeit loslege.«

Andrew nickt. »Ihre Kollegin Patricia Danes wird Sie einarbeiten. Sie besetzt den Platz neben Ihnen und weiß Bescheid.«

»Vielen Dank.« Nahezu demütig schenke ich beiden Männern einen Blick zur Verabschiedung. »Einen schönen Tag.«

Wieder nickt der Abteilungsleiter. »Ihnen auch, Ms. Montgomery.«

Tylers Gesichtsausdruck hingegen kann ich nicht deuten, und das droht mich aufs Neue aus dem Konzept zu bringen. Ich beschließe, kein Risiko einzugehen und einfach endlich das Büro zu verlassen, bevor wir doch noch im Beisein meines Vorgesetzten – und seines Untergebenen – irgendetwas Komisches zueinander sagen. Und so sage und tue ich nichts weiter, sondern begebe mich zurück in den Flur.

»Ich wollte dich nur kurz wissen lassen, dass der Termin morgen klargeht«, höre ich Tyler zu Andrew sagen.

»Oh, dafür kommst du persönlich her?«

»Die Freude wollte ich mir nicht nehmen lassen, es ist schließlich ein wichtiges Meeting.«

»In der Tat. Schön, dass das klappt.«

Mehr bekomme ich nicht mit. Das liegt einmal daran, dass ich mich mit jedem Schritt weiter von Andrews Büro entferne, aber auch daran, dass ihr Gespräch offenbar bereits beendet ist.

Zeit ist Geld ... in diesen Gemäuern.

Tatsächliche höre ich im nächsten Moment, dass einer von ihnen ebenfalls das Büro schon wieder verlässt und schnellen Schrittes in meine Richtung durch den Flur schreitet. Gerade als ich die Tür erreiche, die mich zu meinem neuen Arbeitsplatz führt, überholt er mich und lässt mich automatisch zu ihm schauen.

»Ava«, verabschiedet er sich mit seiner tiefen Stimme und nickt. Ohne auch nur für einen kurzen Augenblick anzuhalten, setzt er seinen Weg fort.

Als er meinen Namen sagt, bekomme ich Gänsehaut. Überfordert stehe ich da und blicke ihm hinterher.

Huh ...

Sofern ich mir das nicht nur einbilde, ist da irgendetwas zwischen uns.

Aber ist es wirklich der Vorfall im Pub?

***

Du glaubst nicht, wer mein Boss ist, habe ich Kate bei *WhatsApp* geschrieben, gleich nachdem ich zum ersten Mal an meinem neuen Schreibtisch Platz genommen habe, gefolgt von einem erschrockenen und einem erstaunten Smiley.

Zu einer weiteren Zeile an sie bin ich gar nicht mehr gekommen, denn dann habe ich mich bei meiner Sitznachbarin Patricia Danes vorgestellt. Die 39-jährige zweifache Mutter ist sehr nett, und da wir gleichgestellte Kolleginnen in derselben Abteilung sind, hat sie mir schnell angeboten, dass wir uns beim Vornamen anreden. Fast den ganzen Arbeitstag hat sie sich Zeit genommen, um mich einzuarbeiten. Natürlich weiß ich dadurch noch lange nicht alles, was ich wissen muss, aber für den ersten Tag doch schon erstaunlich viel. Jetzt, wo sich der Montag dem Ende zuneigt, habe ich einen guten ersten Eindruck von den Programmen, die hier benutzt werden, und auch von den betriebsinternen Prozessen, die für die Warenwirtschaft wichtig sind. Zwischendurch hat Patricia nur kurz an ihrem eigenen Platz gesessen und ein paar E-Mails abgearbeitet. Selbst dann konnte ich sie behelligen, wann immer ich eine Frage hatte. Ich bin ein Mensch, der immer viele Fragen hat. Voller Neugier. Ich will wissen, wie die Dinge funktionieren und wie ich meinen Job gut machen kann. So habe ich es im Bewerbungsgespräch über mich behauptet, und so ist es auch wirklich. Das möchte ich in den kommenden Wochen unter Beweis stellen. Glücklicherweise ist mir meine Mentorin Patricia mehr als sympathisch und ich habe das Gefühl, dass sie nicht genervt ist, wenn ich gleich zu Beginn so viel wissen will. Vorhin ist unser Abteilungsleiter Andrew Spades bei uns im Büro gewesen und hat sogar erneut zu mir gemeint, dass meine Neugier genau die richtige Einstellung wäre, um ins Team zu passen. Für mich ist mein Elan auch keine Show, sondern es liegt mir viel daran, dass mein Vorgesetzter langfristig zufrieden mit mir ist. Anerkennung fühlt sich gut an und könnte mir dabei helfen, dass sich meine neuen Kollegen bald wie eine zweite Familie für mich anfühlen. Jedenfalls ... die meisten von ihnen.

Der Montag schreitet weiter voran. Draußen hat längst die Abenddämmerung eingesetzt. Nach und nach verabschieden sich die ersten Mitarbeiter und verlassen das Büro, um in den Feierabend zu verschwinden. Ich bin noch ganz aufgekratzt und vertieft in die Arbeit, da steht auch Patricia auf und macht den Bildschirm aus.

»Puh, das war ein langer Tag«, meint sie und streckt sich.

Verlegen lächle ich. »Das hast du wohl mir zu verdanken.«

»Mach dir keine Sorgen. Damit habe ich schon gerechnet, als es hieß, dass heute die neue Mitarbeiterin anfangen würde. Ich bin froh, dass besagte Mitarbeiterin so nett ist.« Sie grinst.

Erleichtertes Lachen meinerseits.

»Heute darf mein Mann die Kinder bettfertig machen«, fährt sie fort, während sie sich ihre

Handtasche schnappt. »Das muss er sowieso ab und zu mal tun, sonst verlernt er es noch.«

Wortlos nicke ich.

Patricia umrundet ihren Schreibtisch und kommt an meinem vorbei. »Sich neu in ein Unternehmen einzufinden, braucht seine Zeit. Mach nicht mehr so lange, ja?«

»Nein, ich gehe auch bald«, erwidere ich. »Ich möchte nur noch das eine oder andere Passwort neu setzen, wie es empfohlen wird, vorher könnte ich nicht ruhig schlafen.«

»Sehr gewissenhaft, das muss ich ja sagen. Na dann, bis morgen.«

»Gute Nacht, Patricia«, sage ich, um scherzend darauf anzuspielen, wie spät es bereits ist.

»Gute Nacht, Ava!«

Plötzlich bin ich ganz allein im Büro und bemerke, wie still es um mich herum geworden ist. Auch die meisten anderen Räume scheinen längst leer zu sein. Aber das mit den Passwörtern würde ich heute echt gerne noch erledigen.

Gönn dir zumindest eine letzte kurze Auszeit, denke ich mir und erinnere mich an den Pausenraum, den Patricia mir nachmittags gezeigt hat.

Und so erhebe ich mich vom Drehstuhl, begebe mich aus dem Büro, schreite durch den Flur, schlendere zum Pausenraum dieses Stockwerks.

Dort angekommen nehme ich mir eine Tasse aus dem Schrank und bediene die Kaffeemaschine, damit sie mir einen Cappuccino zubereitet. Gedankenversunken betrachte ich den

Milchschaum, der aus der Maschine in die Tasse fließt, und komme zum ersten Mal seit Stunden dazu, durchzuatmen und an etwas anderes zu denken als an die Arbeit.

Ich hasse mich selbst dafür, als gleich im nächsten Moment niemand anderes als Tyler vor meinem inneren Auge auftaucht. Kaum habe ich Gelegenheit dazu, etwas anderes als meine Tätigkeit gedanklich in den Fokus zu nehmen, denke ich an die letzte Person, die ich mir in Erinnerungen rufen und mir vorstellen darf. An den Geschäftsführer. Und an den Mann, den ich in der Bar blöd angemacht habe.

Diese Kombination, die Tyler Ward für mich darstellt, ist ein Desaster!

Eigentlich wollte ich mit dem Vorfall, der sich am Freitag zwischen ihm und mir ereignet hat und mir inzwischen peinlich ist, abschließen. Stattdessen stellt sich heraus, dass dieses Vorkommnis mich noch eine ganze Weile verfolgen soll. Schließlich will ich wirklich gerne hier arbeiten, und so laufe ich Gefahr, Tyler hin und wieder über den Weg zu laufen. Zwar hat er sich bei unserem unverhofften Wiedersehen heute Morgen durchweg professionell verhalten – ganz im Gegensatz zu mir. Dennoch erinnert mich sein bloßer Anblick sofort an das Fettnäpfchen, in welches ich Freitagabend mit Anlauf gesprungen bin, als ich ihn so unbedingt angehen musste.

Während die Kaffeemaschine die Espressobohnen in mehreren schonenden Durchgängen brüht und ich überlege, welche Passwörter ich für die einzelnen Computerprogramme verwenden will, krame ich das Smartphone hervor. Glücklicherweise herrscht in diesem Unternehmen kein striktes Handyverbot, also will ich einen Blick wagen. Wie ich sehe, hat Kate mir in der Zwischenzeit mehrere Nachrichten geschickt. Auf meine Zeile *Du glaubst nicht, wer mein Boss ist,* hat sie im Laufe der vergangenen Stunden die wildesten Theorien in den Chatraum geworfen:

Justin Timberlake!

Mark Zuckerberg!

Deans bester Freund!

Oh mein Gott – dieser Tyler?

Als ich das lese, knirsche ich mit den Zähnen. So daneben, wie sie mit sämtlichen vorherigen Tipps gelegen hat, so genau trifft sie mit ihrer jüngsten Vermutung ins Schwarze.

Ja ..., tippe ich. *Melde mich später.*

Die hochwertige Kaffeemaschine beendet den Vorgang und zeigt an, dass mein Cappuccino fertig ist. Schon sehe ich allerdings wieder auf mein Handy, da Kate längst online gekommen ist und mir zurückschreibt.

Du arbeitest immer noch? Der Mistkerl soll dich nach Hause lassen!

Prompt antworte ich ihr: *Nein, ich bin freiwillig so lange hier. Will mich einarbeiten und einen guten Eindruck machen.*

Na, wenn er das zu schätzen weiß?, kommt von ihr zurück.

Beim Tippen schüttle ich den Kopf. *Das bekommt er gar nicht mit. Er ist der CEO.*

Waaaaas?

Boah, Ava!

Ist nicht dein Ernst.

Der heiße Typ aus der Bar?

CEO einer so großen Firma! In dem Alter schon?

Ausgerechnet er, wie krass!

Süße, wenn das kein Schicksal ist ...

Oder was denkst du?

Als ich nach und nach ihre aufgeregten Zeilen lese, muss ich seufzen. Erneut habe ich vor Augen, wie ich ihn angemacht habe. Völlig zu Unrecht, wie ich mittlerweile weiß. Ihn! Meinen Boss!

Ob diese Erinnerung bald endlich verblasst?

Und ob er auch nie auf die Idee kommen wird, seine Macht zu nutzen und es mir heimzuzahlen?

Wie gut, dass ich nicht seine Assistentin geworden bin oder so. Als Sachbearbeiterin der Warenwirtschaft bin ich immerhin nicht darauf angewiesen, ihn regelmäßig zu sehen. Höchstens zufällig mal auf dem Flur.

Vielleicht sollte ich sogar gezielt darauf achten, ihm überhaupt nicht mehr zu begegnen.

Gerade, als ich das denke, vernehme ich Schritte. Zielstrebige, selbstsichere Schritte, die lauter werden. Als hätte ich bereits eine üble Vorahnung eingenommen, stellen sich die Härchen auf meinen Armen auf. Doch weiter kann ich die Situation zunächst nicht verarbeiten, also schaue ich wieder aufs Handy.

Sieht er immer noch so heiß aus wie am Freitag?, hat Kate geschrieben, gefolgt von: *Blöde Frage, vergiss das. Erzähl mir lieber, was er zu dir gesagt hat!*

Meine Finger fliegen über die digitale Tastatur: *Nicht viel – und dabei muss es um jeden Preis bleiben.*

Kaum habe ich die Nachricht abgeschickt, tritt jemand in den Pausenraum ein, erblickt mich und bremst abrupt ab.

T-Tyler!

»Oh«, macht er verdutzt, fängt sich aber schnell wieder und findet zu seinem charmanten Lächeln zurück. »Ava, hallo.«

Hilfe, was macht er denn jetzt ausgerechnet hier?

Schicksal, hat Kate es eben genannt.

Das Schicksal scheint sadistisch veranlagt zu sein!

Er kommt näher. »Darf ich?« Gelassen deutet er auf die Kaffeemaschine neben mir.

»Hm? Ach so, ja, natürlich!« Meine freie Hand greift sich die Tasse und zieht sie aus der Maschine heraus. Voller Panik begebe ich mich zum Tisch und überlege, wie ich am besten sofort aus Tylers Reichweite verschwinden kann, ohne dabei unhöflich zu wirken und ihn womöglich zu provozieren.

Mist, mir fällt nichts ein!

Mit meiner gewöhnlichen Tasse, die keinen verschlussdichten Deckel hat, darf ich den Pausenraum nicht verlassen, das steht in der Hausordnung. Zu oft haben in der Vergangenheit

Mitarbeiter ihre Getränke auf den Boden oder sogar auf ihre Tastatur verschüttet.

Den frischen Cappuccino in den Ausguss kippen und aufgebracht wegrennen, sollte ich aber auch nicht. Das würde definitiv in die Kategorie *unhöflich, verdächtig und provozierend* fallen.

Und so bleibt mir nichts anderes übrig, als die Ruhe in Person zu mimen und mich mit dem Cappuccino an den Tisch zu setzen. Also tue ich es. Wortlos. Angespannt. Nervös. Leicht zitternd. Aber ich tue es. Verkrampft starre ich auf mein Handy und nehme den ersten großen Schluck. Schnell austrinken, schnell verschwinden. Aber eben nicht *zu* schnell!

Nachdem Tyler eine neue Tasse in die Maschine gestellt und auf einen Knopf gedrückt hat, spüre ich förmlich, wie er sich mir zuwendet. Aus dem Augenwinkel erkenne ich dann auch, dass er sich gegen die Küchenzeile lehnt und mich betrachtet.

»So spät noch hier?«, dringt seine männliche Stimme in meine Ohren.

Mir bleibt keine andere Wahl, als den Blick zu erwidern und zu lächeln. »Nur noch kurz, ich will gleich eine letzte Sache erledigen.«

»Gleich am ersten Tag?« Blaue Augen mustern mich. »Lobenswert.«

Verlegen nicke ich.

»Aber übertreiben Sie es nicht, in Ordnung? Es gibt auch noch andere Dinge im Leben als nur die Arbeit.«

Ich runzle die Stirn. »Und warum sind *Sie* dann noch hier?«

»Jetzt haben Sie mich erwischt, das muss ich zugeben.« Er lacht. »Es ist eine Sache, jemand anderem einen gut gemeinten Rat zu geben, aber leider weitaus schwieriger, ihn selbst zu befolgen.«

Okay?

Nun gut.

Ich glaube, ich verstehe sogar, was er meint.

»Das stimmt«, sage ich. »Der Blick von außen ist stets nüchterner und die Dinge erscheinen einem harmloser, als wenn man selbst involviert ist. Deswegen ist es so schwer, sich über Nacht zu ändern. Das erfordert viel Willenskraft und in den meisten Fällen auch etwas Zeit.«

»Genau.« Sein schwarzer Kaffee ist fertig, und so nimmt er die Tasse in die Hand und führt sie zu seinen Lippen.

»Sie haben Ihr Büro gar nicht hier in diesem Stockwerk, oder?«, muss ich ihn einfach fragen, um zu wissen, ob ich den Pausenraum künftig besser ganz meiden sollte.

»Nein, ich befinde mich weiter oben.«

Wohl wahr, Mr. Ward.

»Aber dort ist die Kaffeemaschine kaputt, ist das zu glauben? Ausgerechnet am Montag.«

»Genau solche Ereignisse machen den typischen Montag aus«, traue ich mich zu sagen und wage es sogar, einen Moment lang authentisch zu grinsen.

Wieder lacht er und verpasst mir mit diesem Klang und Anblick eine Art Stromschlag, der direkt durch meinen Körper jagt. »Auf jeden Fall. So gesehen hätte ich damit rechnen müssen.«

»So sind Montage. Berechenbar unberechenbar.«

»Den merke ich mir.« Auffordernd nickt er. »Und Sie?« Ich erwische ihn dabei, wie er für eine Sekunde auf mein Handy linst und *WhatsApp* entdeckt. »Fragt Ihr Freund schon, wo Sie bleiben?«

»Ähh …« Ich ziehe die Augenbrauen hoch und überlege angestrengt, was ich darauf antworten soll. »N-Nein, ich schreibe einer Freundin … und berichte ihr, wie mein erster Arbeitstag so läuft.« *Nachdem sie mich gerade doch ernsthaft gefragt hat, ob Sie immer noch so heiß aussehen wie am Freitag, Mr. Ward.*

»Verstehe.« Als seine Tasse erneut zu diesen perfekten Lippen wandert, habe ich große Mühe, nicht zu auffällig hinzusehen … womit Kates Frage beantwortet wäre. »Und? Wie läuft er so?«

»Gut«, schießt es sofort aus mir heraus. »Ja, sehr gut. Wirklich gut.«

Da ist es wieder, dieses charmante Lächeln. »Entschuldigen Sie, ich wollte Sie nicht nervös machen.«

Echt?

Dieser Zug ist leider abgefahren!

Er leert die Tasse und lässt sie mit wenigen Handgriffen in der Spülmaschine verschwinden. »Aber das war ernst gemeint«, sagt er und begibt sich auch schon in Richtung Tür. »Machen Sie nicht zu viele Überstunden, auch nicht in der ersten Woche. Dafür gibt es keinen Grund. Sie arbeiten schließlich nicht als, keine Ahnung, Unfallchirurgen oder so.«

Mit großen Augen blicke ich ihn an.

Ausgerechnet Deans Job nennt er als Beispiel …

Die einen nennen es Schicksal – ich nenne alles, was mir heute so widerfährt, einen verrückten Zufall.

»Hey«, raunt er nahezu sinnlich, als ich stumm bleibe und nach wie vor angespannt bin. »Ava.«

Mein Unterleib zieht sich auf belebende Weise zusammen. »Ja, Tyler?«

»Das war nur ein Rat, kein Befehl. Versprochen. Und ich bin fest entschlossen, ihn künftig auch selbst zu befolgen. Dann wären wir schon zu zweit. Abgemacht?«

Wie er mich jetzt ansieht! So voller Wärme. Und es wirkt … echt.

»Abgemacht«, erwidere ich und nicke zuversichtlich.

Tylers blaue Augen werden etwas schmaler, Fältchen bilden sich um ihnen. Sein herzlicher Gesichtsausdruck gilt nur mir und ist dermaßen authentisch, dass er mir damit ein heftiges Kribbeln verpasst.

Ich glaube, er hat gerade noch irgendetwas zur Verabschiedung gesagt. Ich bin mir nicht sicher. Seit er aus dem Pausenraum verschwunden ist, starre ich wie benommen an die Stelle, an der er eben noch gestanden hat.

Was ist gerade passiert?

Er war so freundlich zu mir.

Und nach wie vor gelassen.

Dabei ist außer uns niemand sonst anwesend gewesen.

Auch der Ratschlag war ernst und nett gemeint, denke ich.

Du meine Güte ...

Das lässt nur einen Schluss zu!

Er ist gar nicht sauer auf mich. Oder enttäuscht. Oder genervt. Oder amüsiert. Oder gar verlegen.

Nichts von alldem.

Und er versucht den Vorfall auch nicht zu überspielen.

Nein.

Er erkennt mich gar nicht wieder!

Was am Freitag vorgefallen ist, hat er längst vergessen!

5. KAPITEL

TYLER

Es kommt nicht oft vor, dass ich aufgewühlt in meinem Kingsize-Bett liege, an die Decke hoch starre und selbst nach zwei gottverdammten Stunden immer noch nicht einschlafen kann. Und wenn es in der Vergangenheit mal dazu gekommen ist, dann hatte es stets mit etwas Geschäftlichem zu tun, das mich beschäftigt hat. Immer.

Ein Businessplan. Eine Ansprache. Eine Anklage. Schwierige Personalentscheidungen. Knifflige Vertragsklauseln.

Aber nie zuvor hatte ich es einer Frau zu verdanken, meines Schlafes beraubt zu werden.

Jedenfalls nicht, wenn diese Frau gar nicht anwesend war.

Das ist Neuland für mich.

Ava.

Ava Montgomery.

Als ich heute Morgen unverhofft in Andrews Büro auf sie gestoßen bin, ist irgendetwas in mir passiert. Sofort hat mich das Funkeln in ihren grünen, runden Augen gefesselt. Ihr blumiger Geruch hat auf mich wie eine Einladung gewirkt. Auch ihre zarte, süße Nase und diese vollen Lippen mit dem Muttermal darüber haben mich förmlich dazu aufgerufen, sie zu liebkosen.

Zumindest in meiner Vorstellung.

Ja, kaum hat sie mir gegenübergestanden, ist sofort ein Kopfkino in mir losgegangen, welches man nicht gerade als jugendfrei bezeichnen könnte. Mir nach außen hin nicht anmerken zu lassen, welche Wirkung sie auf mich hat, ist mir in dem Moment alles andere als leichtgefallen.

Ava Montgomery.

Sofort nach unserer Begegnung musste ich überprüfen, was das Internet über sie preisgibt. Dadurch sind mir einige private, wenn auch allesamt unverfängliche Fotos in die Hände gefallen. Bilder, auf denen sie süß lächelt. Herzhaft lacht. Mir tief in die Augen blickt. Mit den Fingern verträumt an ihren braunen, perfekt gepflegten Haaren spielt. Mein Kopfkino hat dies sogleich weiter angefacht. Das lässt mich auch jetzt, während ich in meinem Bett liege und nur an sie denken kann, lebendig fühlen. So lebendig.

Vielleicht sollte ich Andrew ab sofort viel öfter einen Besuch in seinem Büro abstatten, als ich es in den vergangenen Monaten aus Zeitgründen getan habe.

Und ...

Wie viele Portionen Kaffee müsste ich wohl in den Ausguss kippen, um Ava Tag für Tag *zufällig* im Pausenraum zu begegnen, ohne eine Koffeinvergiftung zu bekommen?

Als mir klar wird, wozu ich mich plötzlich fähig fühle, muss ich schmunzeln.

Schon wieder steigt dieses Verlangen in mir auf.

Eine ganz bestimmte Sehnsucht, die nur Ava stillen kann.

Nur diese eine Frau. Das weiß ich.

Es stimmt wirklich. Auf einmal fühle ich mich zu Dingen fähig, zu denen ich vorher niemals in der Lage gewesen wäre. Das kann ich deutlich spüren. Ihretwegen bin ich bereit, gewisse Grenzen zu überschreiten, die ich noch kein einziges Mal überschritten habe, und zwar bewusst.

Jetzt ist alles anders.

Ihretwegen.

Zu dumm, dass ich in den kommenden Tagen nicht in der Firma sein werde. Berufliche Verpflichtungen ziehen mich ins Ausland.

Oder ist das gar nicht so dumm, sondern spielt mir in die Karten?

Denn, Ava ...

Du ahnst es noch nicht, aber ...

Ich habe so einiges mit dir vor.

6. KAPITEL

AVA

»Reichst du mir bitte die Sojasauce vom Tisch?«, frage ich Kate.

Sie schnaubt. »Nicht zu fassen!«

»Hey, ich würde sie mir ja gerne selbst holen, aber wie du siehst, ist mir alles andere als langweilig.« Vor mir brutzelt es in den Pfannen, in denen ich Wok-Gemüse und mariniertes Fleisch anbrate.

Da greift sie sich das Fläschchen mit der Sojasauce und bringt es mir. »Das meinte ich doch gar nicht. Sondern das, was du mir gerade ganz beiläufig erzählt hast. Er hat dich nicht wiedererkannt? Unglaublich! Dazu fällt mir echt nichts mehr ein!«

Ich zucke mit den Achseln und versuche mich aufs Kochen zu konzentrieren. »In seiner Position begegnet er einer Menge Leute und hat ständig viel um die Ohren.«

»Aber eure erste Begegnung ist gerade mal ein paar Tage her! Wie kann er das nicht mehr im Gedächtnis haben?«

»Vor allem, nachdem ich in der Bar doch alles getan habe, um ihm in Erinnerung zu bleiben.« Ich verziehe den Mund. Sojasauce träufelt in den Wok und lässt das Gemüse zischen. »Unbeabsichtigt, versteht sich.«

»Siehst du? Es ist unmöglich, dass er dich nicht gleich wiedererkannt hat! Wer weiß, vielleicht bleibt es sogar dabei und der Groschen fällt bei ihm auch morgen nicht.«

»Na und?« Kräftig rühre ich das Gemüse im Wok um. »Wenn ich es mir recht überlege, ist dies das Beste, was mir in der Situation nur passieren konnte.«

Klar und deutlich spüre ich Kates Blick auf mir.

»Wirklich!«, beteuere ich und prüfe, wie weit das Fleisch gegart ist. »Ich wollte den Vorfall hinter mir lassen. Als wäre er niemals passiert. Richtig?«

»Richtig.«

»Und das ist meine Chance!«

Sie begibt sich zum Schrank und holt zwei Teller raus. »Dann willst du ihn auch in Zukunft nicht darüber aufklären, woher ihr euch schon kennt?«

»Würdest du es machen?«, möchte ich wissen.

Kurz überlegt sie. »Ich weiß nicht. Es bewusst zu verschweigen, könnte man als Lüge auslegen. Aber andererseits hast du dich sehr auf diesen Job gefreut.«

»Und das tue ich nach wie vor. Wenn es geht, würde ich wahnsinnig gerne bei *Guard Electronics* bleiben. Außerdem …« Ich drifte in Gedanken ab und muss lächeln.

»Ja?«, fragt sie neugierig.

Da fokussiere ich sie wieder und muss mich räuspern. »Es war schön, sich normal mit ihm zu unterhalten.«

Kate grinst. »Ja?«

Daraufhin lasse ich mir ein verlegenes Lächeln entlocken, ehe ich wieder ernst werde. »Die Frage ist doch: Wozu soll ich uns das kaputtmachen?«

»Euch?«, wiederholt sie und mustert mich. »Ja, du hast recht. Für ihn ist es so auch viel schöner.«

Ich nicke. »Ich tue das nicht nur für mich, sondern auch für ihn, wenn ich nicht auf dem Vorfall herumreite. Offensichtlich beschäftigt mich unsere erste Begegnung sowieso viel mehr als ihn, also kann ich es doch einfach sein lassen, oder?«

»Das stimmt. Ja, das leuchtet ein.«

Gut.

Dann ist es entschieden.

Tyler ist mein Boss.

Kürzlich sind wir uns zum ersten Mal in Andrew Spades' Büro begegnet und ich habe ihn versehentlich mit dem Vornamen angesprochen, wodurch er mir nun erlaubt – und darauf besteht –, es dauerhaft zu tun.

Und ansonsten ist zwischen uns nie etwas vorgefallen.

Ein Fettnäpfchen pro Chef reicht.

Zweifellos sollte man sich, wenn man schon die Wahl haben darf, für das harmlosere Fettnäpfchen entscheiden.

Wunderbar.

Das klingt nach einer guten Idee.

***

Die nächsten Tage vergehen wie im Flug. Ich lerne mich in den neuen Job ein und treffe immer mehr Kollegen aus der ganzen Firma. Einmal die Woche finden sich alle aus der Warenwirtschaft zusammen, um zu besprechen, wer was erledigt und wo es Klärungsbedarf gibt. Unser Vorgesetzter Andrew lässt immer einen von uns abwechselnd das Meeting moderieren. Bald darauf nehme ich auch an den ersten Besprechungen teil, die mit anderen Abteilungen stattfinden. Meine Fragen an Patricia werden weniger, ich fühle mich immer sicherer in dem, was ich tun muss. Schnell pendelt sich mein neuer Alltag ein. Stets um halb eins gehe ich mit Patricia und einigen anderen in die Mittagspause. Im Wolkenkratzer gibt es eine eigene Kantine, doch wir bevorzugen es, das Gebäude auch mal zu verlassen und uns ein wenig die Beine zu vertreten. Dadurch, dass wir für jede Mittagspause ein anderes Restaurant aufsuchen, bekomme ich genau die kulinarische Abwechslung, die ich brauche.

Ich fühle mich richtig wohl in meinem neuen Job, aber ich achte auch darauf, mich nicht zu überarbeiten. *Wer sich keine Pause gönnt, dessen*

Akku wird sich irgendwann gar nicht mehr aufladen, sage ich mir – und es funktioniert. Abends treffe ich mich gerne mit Kate, manchmal stellt sie mir auch Freunde vor. Immer öfter verabrede ich mich aber auch mit Patricia oder anderen Kollegen aus meiner Abteilung.

Tyler begegne ich in letzter Zeit sowieso nicht mehr. Wie ich erfahren habe, ist er momentan ohnehin viel im Ausland unterwegs, um einigen Zulieferern einen Besuch abzustatten. Über Flurfunk habe ich aufgeschnappt, dass diese Besuche jedes Jahr anstehen, damit Tyler die Produktions- und Arbeitsbedingungen begutachten kann. Das soll ihm sehr wichtig sein, allein schon, um einen Imageschaden zu verhindern.

Wie auch immer.

Alles in allem bereue ich es nicht, nach Chicago gezogen zu sein. Ich liebe die Stadt, und an Dean denke ich immer seltener. Noch gibt es diese Momente. Augenblicke, in denen ich ihn vermisse und mir ohne ihn unvollständig vorkomme. Minuten, in denen ich weine oder nachts schlaflos im Bett liege, in die Dunkelheit starre. Aber sie bestimmen nicht meinen Tag, und darüber bin ich froh. Bis heute hat Dean nicht auf meine Nachrichten und Anrufe geantwortet, mit denen ich ihn nach der Trennung zu bombardieren versucht habe. Schon allein deswegen ist es das einzig Richtige, wenn ich ihn nach und nach vergesse. Nicht über Nacht, wie er mich offenbar abhaken konnte, aber Stück für Stück.

Ja, insgesamt geht es mir gut. Deswegen vergehen die ersten vier Wochen in meinem neuen Leben für mich wie im Flug. Würde ich Qualen leiden, wäre es für mich, als wollen die Sekunden nicht verstreichen. Aber ich bin nicht unglücklich, und so komme ich zurecht.

Und so starte ich nun guter Dinge in meinen zweiten Monat bei *Guard Electronics*. Gerade habe ich einen weiteren Montag hinter mich gebracht. Um Punkt 18 Uhr begebe ich mich zum Fahrstuhl und drücke auf den Knopf. Während ich darauf warte, dass der Lift in dieses Stockwerk kommt, nähert sich mir jemand. Als ich mich instinktiv umsehe, erkenne ich, dass es Tyler ist. Zum ersten Mal seit unserem Gespräch im Pausenraum sehen wir uns also wieder. Mit jedem Schritt, den er sich auf mich zubewegt, werde ich nervöser, und doch fühle ich mich deutlich entspannter als bei unseren vorherigen Begegnungen.

»Mr. Ward«, begrüße ich ihn.

»Bitte«, sagt er und bleibt stehen – scheinbar will auch er den Aufzug benutzen. »Waren wir nicht schon bei Ava und Tyler?«

Verlegen lächle ich und klemme mir die braunen, schulterlangen Haare hinters Ohr. »Dieses Versehen tut mir immer noch leid, und natürlich müssen Sie mein Missgeschick nicht dauerhaft mit mir ausbaden.«

Vielleicht bade ich aber verdammt gerne mit Ihnen, steht in seinen blauen Augen geschrieben.

Weil mein Kopf mir einen Streich spielt.

Herrje, was ist denn los mit mir?

Als wenn er so etwas sagen würde. Zu einer Kollegin. Zu mir.

Schluss damit!

»Ich sagte doch bereits: Bin ich einmal mit jemandem so weit, dass wir uns beim Vornamen anreden, dann gibt es kein Zurück. Alles andere fühlt sich nicht richtig an.«

»Okay«, verlässt es zart meine Lippen und ich nicke verhalten. »Solange ich dadurch nicht den Neid irgendwelcher Kollegen auf mich ziehe ...«

In dem Moment erreicht der Fahrstuhl unsere Etage, piept und öffnet sich.

Dennoch hat Tyler nur Augen für mich. Vielleicht deswegen, weil ich gerade das Erste von mir gegeben habe, das mir in den Sinn gekommen ist? Letztes Mal schien es ihm zu gefallen, wenn ich mal ganz direkt werde. Aber auf Dauer könnte es ihm missfallen.

Zu meiner Überraschung sendet er mir ein Grinsen zu. »Sollte es dazu kommen, dann sagen Sie mir Bescheid. Dann werden wir auch das gemeinsam ausbaden.« Nach diesen Worten setzt er sich in Bewegung und begibt sich in den Lift. Er drückt auf den Knopf für seine Ziel-Etage und sieht mich wieder an. »Wohin müssen Sie?«

Auch ich steige nun in den Lift und stelle mich neben ihn. *Du solltest besser nicht mehr mit deinem Boss über gemeinsames Baden sprechen,* ermahne ich mich selbst. Die Tür schließt sich und ich sehe, dass das Erdgeschoss bereits ausgewählt ist. »Ich muss auch nach unten.«

Da bemerkt er meine Handtasche. »Sie machen ebenfalls zeitig Feierabend? Gut. Das dürfte Ihren Partner freuen.«

»Ich habe momentan keinen Partner«, schießt es aus mir heraus. Zwar bin ich mir nicht sicher, warum er erneut auf dieses Thema kommt, aber inzwischen kann ich selbstbewusst zugeben, Single zu sein, auch vor ihm. »Aber natürlich ist es trotzdem wichtig und schön, sich nicht zu überarbeiten.«

»Freut mich, dass Sie offen darüber sprechen mögen.«

Über ... meinen Familienstand?

»Darüber, dass Sie sich nicht überarbeiten möchten«, ergänzt er, als hätte er gerade meine Gedanken gehört.

»Ich weiß, Sie sind mein Boss, aber ... wenn Sie wirklich so ein guter CEO sind, wie alle sagen, dann wissen Sie, dass ein glücklicher und gesunder Mitarbeiter langfristig mehr bringt als einer, der sich innerhalb kurzer Zeit verheizen lässt. Und das tun Sie. Deswegen haben Sie mir vor ein paar Wochen signalisiert, dass ich selbst in meinem ersten Monat nicht bis zur Erschöpfung arbeiten muss, um mich zu beweisen.«

»Hätten Sie es sonst getan?«

»Vielleicht, ja. Ich muss zugeben, dass mir genau diese Idee vorher gekommen ist. Deswegen: Danke.« Ich schenke ihm ein Lächeln.

Als er mein *Danke* vernimmt und mich lächeln sieht, verändert sich der Ausdruck in seinem perfekt gezeichneten Gesicht. Kurz fällt sein

Augenmerk auf meinen Mund und er muss sich räuspern. Das zu bemerken, lässt mich unter der Bluse und der Stoffhose wieder stärker schwitzen. Tyler strahlt irgendetwas aus, das mich auch heute aufwühlt. Insbesondere hier im Aufzug merke ich das. Hier sind wir ungestört und stehen derart dicht nebeneinander, dass mir sein erfrischendes Aftershave in die Nase steigt. Mein Herz pocht schneller als sonst und ich reibe nervös die Finger aneinander. Allerdings ist es für mich nicht unangenehm, sich so zu fühlen. Stattdessen erwische ich mich bei dem Wunsch, dass dieser Moment anhalten soll.

»Sie machen also auch schon Feierabend?«, frage ich.

Er nickt. »Zwar weiß ich noch nicht, was ich mit dem angebrochenen Abend anfangen werde, aber jetzt, wo ich wieder im Lande bin, wollte ich meinen eigenen Rat endlich selbst beherzigen.«

»Schön. Das ist der erste und vielleicht auch wichtigste Schritt. Wenn Sie es denn so wollen, versteht sich.«

»Das will ich«, erwidert er und sieht mir tief in die Augen. »Wirklich.«

Gott, mein Herz schlägt Purzelbäume! Darf es das überhaupt, wenn es um einen Kollegen, nein, um meinen Boss geht?

Der Fahrstuhl kommt auf halber Strecke zum Stehen, die Tür öffnet sich. Zwei Männer und eine Frau steigen ein und begrüßen uns nickend, auch sie wollen anscheinend ins Erdgeschoss. Die Tür geht zu, der Aufzug setzt sich in Bewegung. Vor uns murmeln die drei Zugestiegenen irgendetwas. Tyler bleibt dicht neben mir stehen, unsere Blicke treffen sich und er grinst mich an, als würden wir uns schon seit einer Ewigkeit kennen. Das verpasst mir den nächsten Stromschlag. Meine Aufregung multipliziert sich mit sich selbst, doch gleichzeitig fühle ich mich geborgen und sicher.

»Und ...« Ich sauge meine Unterlippe ein und befeuchte sie mit der Zunge. »Wie waren Ihre Auslandsaufenthalte?«

»Bereichernd. Waren Sie schon einmal in Thailand, Ava?«

Ich schüttle den Kopf. »Leider nicht. Überhaupt habe ich die USA noch nie verlassen. Bisher bin ich nur innerhalb des Landes verreist. Es muss toll sein, wenn man so viel von der Welt zu sehen bekommt.«

»Ab und zu gibt es für mich natürlich auch anstrengende Termine im Ausland«, sagt er. »Aber ja, die meisten Reisen genieße ich.«

»Mmh«, entfährt es mir sinnlich. »Das klingt verlockend.«

Was machst du da?

Hör auf mit ihm zu flirten!

Da lehnt er sich weiter zu mir herüber. »Dann sollten Sie sich vielleicht mal verlocken lassen«, antwortet er leise.

Du meine Güte!

Flirtet er etwa zurück?

Wieder halten wir an und es piept. *Erdgeschoss,* ertönt die Durchsage. Die Tür geht auf. Die drei Geschäftsleute vor uns wünschen Tyler einen schönen Abend und widmen auch mir einen Blick, dann steigen sie aus dem Fahrstuhl. Tyler und ich verlassen ihn ebenfalls und begeben uns durchs Foyer in Richtung Ausgang.

»Wo müssen Sie hin?«, fragt er mich.

»Zur U-Bahn.«

»Mein Wagen parkt direkt vor der Tür. Kann ich Sie mitnehmen?«

»Äh …« *Besser nicht, oder?* Wir steuern auf den Ausgang zu, und als ich durch die Fensterscheibe nach draußen blicke, entdecke ich zwei Menschen, die mir mehr als vertraut sind. »Das gibt es nicht«, murmle ich.

»Wie bitte?«, lässt Tyler verlauten.

Doch ich starre nur auf die beiden Personen und begebe mich zu ihnen ins Freie. »Mom? Dad?«

Als sie mich erblicken, setzen sie ein breites Grinsen auf und rufen im Chor: »Überraschung!«

Perplex lasse ich mich von ihnen innig umarmen. »Was macht ihr denn hier?«

»Dich überraschen – das haben wir doch gerade gesagt«, entgegnet mein Vater.

Mom nickt. »Du bist erst vor eineinhalb Monaten weggezogen, aber als wir erfahren haben, dass Dean dich verlassen hat – oh, hallo!«

Ich zucke zusammen, als mir klar wird, dass Tyler neben mir steht. Da ich ihm noch nicht auf sein Angebot, mich mitzunehmen, geantwortet habe, ist er mir nach draußen gefolgt. Aus diesem Grund hat er gerade nicht nur mitbekommen, dass mich meine Eltern überraschen, sondern auch, dass ich vor Kurzem abserviert worden bin.

Ist das peinlich! Beschämt lache ich und versuche zu überspielen, wie warm mir wird. »Darf ich vorstellen? Mom, Dad, das ist … Tyler Ward, mein Boss. Tyler, das sind meine Eltern, Sandra und Frank Montgomery.«

»Mrs. und Mr. Montgomery«, sagt Tyler und gibt ihnen die Hand. »Es freut mich außerordentlich, Sie kennenzulernen.«

»Gleichfalls«, sagt Dad.

»Sehr erfreut«, meint auch Mom.

Wie neugierig sie ihn und mich anblicken, ist nicht zu übersehen.

»Sie sind also der neue Vorgesetzte meiner Tochter?«, will Dad wissen. »Ich hoffe, Sie behandeln meine Prinzessin stets so gut, wie sie es verdient hat.« Zwinkernd lacht er auf.

Ich hingegen könnte glatt im Boden versinken!

Charmant lacht Tyler mit. »Selbstverständlich wird Mitarbeiterfreundlichkeit bei uns großgeschrieben, aber Sie verwechseln mich wahrscheinlich mit Mr. Spades, dem Abteilungsleiter Ihrer Tochter.«

»Ach, und wer sind Sie dann?«, fragt Dad. »Der Geschäftsführer?«

Darauf antwortet Tyler ihm allein mit seiner Mimik.

»Oh!« Dad staunt. »Verzeihen Sie, ich habe nicht einen so jungen CEO erwartet. Bitte nehmen Sie das als Kompliment.«

»Das will ich gerne tun.«

»Und?«, fragt Dad mich. »Ist uns die Überraschung gelungen?«

»Auf jeden Fall«, kann ich da nur antworten.

»Wissen Sie, Mr. Ward«, bringt Mom sich ins Gespräch ein, »wir kommen aus Seattle und wollten unsere Ava überraschen.« Sie sieht zu mir. »Du weißt, dass du immer auf uns zählen kannst, oder, Schatz?«

»Huh?«, entfährt es mir verlegen. »Natürlich weiß ich das. Und es ist lieb von euch, dass ihr den Weg auf euch genommen habt, um mich zu besuchen. Ihr wisst, ich freue mich immer, euch zu sehen. Aber, Mom, ich versichere dir, es geht mir gut! Ich bin nicht unglücklich oder so.«

»Zwischen *nicht unglücklich* und *glücklich* gibt es einen großen Unterschied«, erwidert sie. »Aber wie gesagt: Wir sind für dich da.«

»Danke.« *Können wir alles Weitere bitte nicht hier besprechen?*

»Das wird schon wieder!«, fügt sie an. »Sieh dich doch nur an: Du bist eine hübsche junge Frau, hast einen tollen neuen Job ... und dieser Dean kann dir gestohlen bleiben, in Ordnung?«

Oh mein Gott ... Mom ... Ich weiß, du meinst es gut, aber ...

Bitte. Nicht. Vor. Tyler.

»Nicht wahr?«, hakt sie nach und lächelt mich an.

»Ja.« Ich atme durch. »Wenn ihr schon mal hier seid – wollen wir zusammen Essen gehen?« *Und den armen, höflichen Tyler aus dieser verrückten Situation entlassen, wodurch sie hoffentlich auch für mich weniger verrückt sein wird?*

»Wir haben gehofft, dass du so etwas in der Art vorschlägst«, antwortet Mom.

Dad nickt. »Wir haben uns ein Hotelzimmer reserviert. Wenn es dir passt, dann würden wir deine Zeit heute Abend gerne beanspruchen. Morgen erkunden wir tagsüber die Stadt, abends geht unser Flieger zurück.«

»Wunderbar«, meine ich und sehe zu Tyler, um mich von ihm zu verabschieden.

»Ava ... Darf ich Ihnen ein Restaurant empfehlen?«, bietet dieser an. »Da Sie neu in Chicago sind.«

Auf einmal strahle ich regelrecht. »Gerne! Das wäre uns eine große Hilfe. Noch kenne ich mich hier nicht allzu gut aus, und freue mich immer über einen kulinarischen Tipp.«

»Es muss aber für den normalen Geldbeutel sein«, merkt Dad an. »Keiner von uns verdient so viel wie Sie, Mr. Ward.«

»Dad«, ermahne ich ihn. »Mach dir keine Sorgen. Erstens bezahle ich und zweitens gehe ich jede Wette ein, dass Tyler auch Restaurants kennt, die du als *normal* bezeichnen würdest.«

»Selbstverständlich«, sagt Tyler. »Sogenannte *normale* Restaurants sind sowieso meistens die besten. Mrs. und Mr. Montgomery, mögen Sie Pizza?«

»Machen Sie Witze?«, fragt Dad. »Wer mag denn keine Pizza!«

Tyler lacht. »Dann wüsste ich einen kleinen, netten Italiener, der erst kürzlich eröffnet hat und noch nicht überrannt ist. Er befindet sich in North Side.«

»Oh, wir sind diesmal ohne Auto hier«, meint Mom. »Und Ava, du hast ja keinen Wagen mehr.«

Ich schüttle den Kopf. »Nein, das lohnt sich für mich nicht. So oft, wie die U-Bahn fährt, rentieren sich die laufenden Kosten für ein eigenes Auto kaum. Vor allem, wenn man die Parkplatzsituation bedenkt.« *Es sei denn, man ist reich und kann es sich erlauben, sich direkt vor dem Firmengebäude einen Parkplatz reservieren zu lassen, so wie Mr. Tyler Ward. Dann ist das natürlich etwas anderes. Ich wette, er hat sogar vor seinem privaten Apartment einen eigenen Parkplatz.* »Aber das ist kein Problem, wir können uns ein Taxi nehmen.«

»Kommt nicht infrage«, widerspricht Tyler und deutet auf den silbernen SUV, vor dem wir stehen. »Ich fahre Sie.« Schon nähert er sich der Fahrertür und der Wagen entriegelt sich.

»Sehr freundlich!« Mom macht kein Geheimnis daraus, dass sie das Angebot nur zu gerne annehmen will. Bereits im nächsten Moment reißt sie die hintere Tür auf und steigt ein.

Ähm ...

»Ein feiner Zug von Ihnen, Mr. Ward. Dürfen wir Sie im Gegenzug auf eine Pizza einladen?«

Wie bitte?

7. KAPITEL

AVA

Hat Dad gerade ernsthaft vorgeschlagen, dass Mr. Tyler Ward, mein heißer Boss, uns beim Abendessen Gesellschaft leistet?

Instinktiv sieht Tyler zu mir, woraufhin mir nichts anderes einfällt, als mit einem Lächeln zu reagieren. »Nichts lieber als das, Mr. Montgomery«, antwortet er schließlich und wendet sich wieder meinem Vater zu.

Dieser winkt ab. »Bitte, nennen Sie mich Frank.« Er umrundet den Wagen und steigt vorne auf der Beifahrerseite ein.

»Und ich bin Sandra!«, ruft Mom, ehe sie ihre Tür zumacht.

Ein charmantes Lachen. »Dann bin ich Tyler.« Auch er umrundet den Wagen und öffnet die hintere Tür, anschließend sieht er zu mir. »Darf ich bitten?«

Ich schüttle den Kopf, danach jedoch muss ich grinsen und setze mich in Bewegung.

»Warum grinst du?«, fragt Tyler amüsiert.

»Ich bin mir nicht sicher«, gebe ich ehrlich zu, »aber ich habe so das Gefühl, dass meine Eltern dich mögen.« *Und dass uns ein schöner Abend bevorstehen könnte.*

So ist es tatsächlich. Tyler fährt mit uns zu dem italienischen Restaurant. Auf dem Weg dorthin erzählt er uns ein paar Hintergrundinformationen zu den markantesten Gebäuden, an denen wir vorbeikommen. Zunächst kann man uns beim Italiener keinen freien Tisch geben, doch als die Bedienung erkennt, wer Tyler ist, ändert sich der Sachverhalt plötzlich und wir bekommen doch ganz plötzlich einen Tisch für vier Personen, sogar direkt am Fenster.

Auch nachdem wir uns Pizza bestellt haben, plaudert Tyler weiter aus dem Nähkästchen, wobei wir bei unverfänglichen Gesprächsthemen bleiben. Ich erfahre, dass er in Chicago geboren, aufgewachsen und aufs College gegangen ist, deswegen kennt er sich in der Großstadt bestens aus. *Guard Electronics* ist zuvor von seinem Onkel geführt worden. Dieser hat zwar auch einen eigenen Sohn, aber schon in seiner Jugend hat Tyler mehr Interesse und Talent für die Geschäftsführung gezeigt, deswegen ist er der Nachfolger geworden. Das ist zwei Jahre her. Sein Onkel wollte in den Ruhestand gehen, und so ist Tyler bereits im Alter von 31 Jahren der neue CEO einer so großen und erfolgreichen Firma geworden. Zuvor hat er sich unter Beweis gestellt, indem er schon als Student eigene, kleinere Unternehmen gegründet und gewinnbringend verkauft hat. Daraufhin ist er der Stellvertreter seines Onkels geworden – und schließlich der nächste Chef.

Mein Chef.

»Aber genug von mir«, sagt er, als wir gerade essen. »Was ist mit Ihnen? Wie haben Sandra und Frank Montgomery sich kennengelernt?«

Mom strahlt. »Es war Schicksal, müssen Sie wissen. Ich war damals neu in Seattle und habe mich verlaufen. Dann hat es auch noch zu regnen angefangen und mir ist der Absatz von meinem Schuh abgebrochen. Ich wollte den Tag schon verfluchen, doch dann bin ich ins nächste Geschäft geflüchtet.«

»Und zwar so stürmisch, dass wir zusammengestoßen sind«, übernimmt Dad das Erzählen der Geschichte, die ich natürlich schon hundertmal gehört habe. »Diese Dame hier ist volle Wucht gegen mich gerannt, es hat richtig wehgetan, als wir kollidiert sind.«

»Interessant«, murmelt Tyler.

Warte …

So haben Tyler und ich uns ebenfalls kennengelernt! Wir sind volle Wucht zusammengestoßen.

Wieso fällt mir das erst jetzt auf?

Ich darf mir sowieso nichts vor ihm anmerken lassen, also bleib cool und lausche einfach weiter vergnügt der romantischen Story deiner Eltern.

»Ich sage Ihnen, Tyler. Als meine geliebte Frau gegen mich gerannt ist, hat es mich voll erwischt. Wenn zwei Menschen zusammenstoßen, kann das ordentlich wehtun und den einen oder anderen blauen Fleck nach sich ziehen.« Verliebt sieht er Mom an und legt seine Hand auf ihre. »Aber damals hat es mich auch noch auf andere Art erwischt. Ebenfalls volle Wucht.«

Mom seufzt. »Ich musste diesem Kerl nur einmal in die Augen sehen, und schon war es um mich geschehen. Sofort wusste ich: Hier passiert gerade etwas ganz Besonderes.«

Okay ... Das ist anders als bei Tyler und mir ...

Oder?

Wie habe ich mich gefühlt, als ich ihm zum ersten Mal in seine blauen Augen geschaut habe?

»Ja«, stimmt Dad ihr zu. »Von der ersten Sekunde an war es magisch und harmonisch zwischen uns. Wir haben stundenlang geredet und gelacht.«

Nein, das ist wirklich nicht wie bei Tyler und mir. Absolut nicht.

Aber was macht das schon für einen Unterschied? Der Zusammenstoß zwischen Tyler und mir ist ja sowieso nie passiert!

Und so ausgelassen, wie dieser nach wie vor wirkt und meinen Eltern lauscht, erkennt er mich immer noch nicht von dem Vorfall im Pub wieder und scheint auch sonst keinen Grund zu haben, an seinen Zusammenstoß mit einer aufgebrachten Frau vor einem Monat zurückzudenken.

Das ist auch gut so, richtig? Das habe ich doch längst entschieden!

»Jedenfalls sind wir seitdem unzertrennlich«, bringt Dad die Story zu ihrem Abschluss.

»Eine nette Geschichte«, kommentiert Tyler, dann sieht er zu mir. »Ich wette, die hast du schon das eine oder andere Mal zu hören bekommen.«

»Zwei- oder dreimal, das könnte sein.« Ich zwinkere.

Einige Zeit später verlassen wir das Restaurant. Tyler hat darauf bestanden, die Rechnung zu bezahlen, ebenso wie er sich nicht davon abbringen lässt, meine Eltern zu ihrem Hotel zu fahren. Dort verabschiede ich mich mit einer innigen Umarmung von ihnen und bedanke mich für die Überraschung. Dass sie mich besucht haben, hat mir gutgetan, ganz unabhängig von der Sache mit Dean. Anschließend möchte ich mir ein Taxi rufen, doch Tyler bleibt ganz der Gentleman und lässt sich nicht davon abhalten, auch mich durch Chicago zu chauffieren und zu meiner Wohnung zu bringen.

»Danke«, sage ich, als wir nun allein in seinem Wagen sitzen und ich diesmal vorne neben ihm Platz nehmen konnte. Sogleich ist die Stimmung, die uns umgibt, ähnlich verführerisch wie im Fahrstuhl, und eigentlich müsste ich das komplett ausblenden. »Für alles. Den ganzen schönen Abend.«

»Nein, Ava. Ich habe zu danken. Wäre ich nicht mit dir und deinen Eltern im Restaurant gelandet, hätte ich heute Abend vermutlich doch bloß wieder von zu Hause aus gearbeitet.«

Wow, er kann genauso direkt sein wie ich. Das ... gefällt mir.

»Die Firma ist dir sehr wichtig, oder?«, frage ich.

Er hält den Blick auf die Straße gerichtet und zuckt mit den breiten Schultern. »Wäre es anders, dann wäre ich nicht der Richtige für diesen Job. Aber so langsam bekomme ich auch den Kopf frei für andere Dinge.«

Ich nicke. »Trotzdem. Ich verstehe das schon. Du trägst immerhin viel Verantwortung.«

»So ist es.«

»Und du überlässt nichts dem Zufall«, murmle ich weiter.

Kurz sieht er zu mir, ehe er wieder den Verkehr in den Fokus nimmt. »So könnte man es sagen.«

»Stets professionell, charmant, besonnen ...«

Huch, was rede ich denn da?

Er lacht. »Das trifft doch ebenso auf dich zu.«

Ich verziehe den Mund. »Na ja ...«

Es sei denn, ich wurde gerade verlassen und stoße mit einem heißen CEO in einem Irish Pub zusammen. Dann bin ich leider nicht allzu besonnen.

Themenwechsel!

»Und was für andere Dinge meinst du?«, muss ich ihn einfach fragen.

Er biegt in die nächste Straße ein und folgt den Anweisungen des Navigationsgerätes.

»Also, für die du jetzt langsam den Kopf frei bekommst«, füge ich neugierig an.

»Andere Dinge eben. Ein Privatleben.«

»Eine Beziehung?« *Herrgott, ich kann es einfach nicht sein lassen, oder?*

»Ja. Vor allem das.«

Was?

Meine Atmung setzt einen Zug aus.

Tyler ist auf der Suche nach einer festen Beziehung – ausgerechnet jetzt?

Oh Gott ...

Schon kann ich es wieder spüren. Wie mein Herz Purzelbäume schlägt.

Ohne dass ich es auch nur ansatzweise verhindern kann, keimt eine ganz bestimmte Hoffnung in mir auf.

Nicht länger kann ich es leugnen: Ich habe Gefühle für ihn. Tiefe Gefühle. Vom ersten Moment an habe ich mich stark zu Tyler hingezogen gefühlt. Auch wenn ich bei unserem Zusammenstoß noch ziemlich durcheinander aufgrund meiner abrupten Trennung gewesen bin. Aber das ändert nichts daran, dass er mich aufwühlt und beflügelt wie kein anderer Mann zuvor, auch nicht Dean. Was ich fühle, wenn ich in Tylers Nähe bin, wenn wir uns ansehen oder unterhalten, habe ich noch nie für jemanden empfunden. Deswegen die Neugier. Der Flirt. Die Nervosität. Die Aufregung. Die Spannung. Das Lachen. Die Glücksgefühle. Die Hoffnung. Die Sehnsucht. All das. Und das habe ich – unbewusst – von der ersten Sekunde an gefühlt. Also doch genau wie bei meinen Eltern damals.

Schon verrückt.

Vor einiger Zeit noch habe ich mir gewünscht, dass es zwischen uns nicht komisch werden würde. Und jetzt ist es stattdessen sogar wundervoll, Zeit mit ihm zu verbringen. Ich spüre klar und deutlich, dass ich in seiner Nähe bleiben will. Noch viel länger, als ich mir heute bereits das Recht herausgenommen habe.

Denkt er genauso?

Immerhin hat ihn niemand dazu gezwungen, den Abend mit mir und meinen Eltern zu verbringen. Und als er sich soeben für die gemeinsamen Stunden bedankt hat, da hat er authentisch gewirkt. Ehrlich und echt. Auch schon vor dem Überraschungsauftritt meiner Eltern hat er mir angeboten, mich zu fahren. Das hätte niemand von ihm erwartet. Und im Fahrstuhl, da ist er doch auf meinen instinktiven Flirt eingestiegen, oder etwa nicht?

Da ist doch etwas zwischen uns.

Auch heute wieder habe ich dieses Gefühl.

Und es verpasst mir tausend Schmetterlinge im Bauch.

Wir kommen an eine rote Ampel und halten an. Das hilft mir dabei, meine Gedanken in Worte umzusetzen.

Ich räuspere mich. »Ist deine letzte Beziehung länger her?«

»Eine ganze Weile«, entgegnet er nickend.

»Schwer vorstellbar.« Verlegen lächle ich vor mich hin. »Du kommst doch allein schon berufsbedingt viel unter Leute.« *Ich erinnere mich zum Beispiel an Hannah, deine Assistentin. Vor rund einer Woche bin ich ihr im Pausenraum begegnet und konnte unmöglich ignorieren, wie bildhübsch die Blondine ist und wie elegant sie sich in ihrem engen Businesskleid bewegt hat.*

Tyler blickt weiter geradeaus und wartet darauf, dass die Ampel auf Grün springt. »Mit einer Kollegin oder einer Geschäftspartnerin habe ich noch nie etwas angefangen.«

Wieder stockt mir der Atem, doch diesmal ist die Ursache dafür alles andere als schön. Hart muss ich schlucken. Schlagartig ist mir zum Heulen zumute, und so starre ich aus dem Fenster. Unterdessen gibt Tyler Gas und bringt uns unserem Ziel näher.

Ich fühle mich fürchterlich, seit ich soeben klipp und klar erfahren habe, dass zwischen uns niemals mehr sein könnte.

Was habe ich auch erwartet?

Natürlich fängt er nichts mit einer Kollegin an. Er überlässt nichts dem Zufall, das habe ich doch bereits festgestellt.

Bin ich eigentlich völlig bescheuert?

Ja.

So komme ich mir nun vor.

Durch und durch bescheuert.

Dass ich auch nur für eine Sekunde annehmen konnte, es könnte sich mehr ergeben.

Der heutige Abend hat nichts bedeutet.

Auch nicht die Atmosphäre im Fahrstuhl.

Oder im Pausenraum.

Und alles andere.

Tyler ist einfach nur höflich. Freundlich und charmant zu mir als Mitarbeiterin.

Mehr nicht.

Warum verknalle ich mich auch ausgerechnet in ihn?

Ach, ich bin so bescheuert!

»Ava?«

Ich schrecke zusammen. »Hm?«

»Oh«, raunt er. »Hast du mir überhaupt zugehört?«

Ups! Habe ich nicht!

»Entschuldige«, schießt es nüchtern aus mir heraus und ich starre weiter nach draußen. »Was hast du gesagt?« Verkrampft balle ich die Hände auf meinem Schoß zu Fäusten.

»Alles in Ordnung? Du wirkst auf einmal so, na ja, anders.«

Hastig nicke ich. »Alles bestens. Sag bitte noch einmal, was du eben zu mir gemeint hast.«

»Okay?« Er atmet durch. »Ich habe dich gefragt, warum du überhaupt von Seattle nach Chicago gezogen bist. Das ist ja nicht gerade ein Katzensprung.«

Oh Gott … Jetzt auch noch das Thema …

Ich habe doch sowieso schon damit zu kämpfen, nicht auf der Stelle loszuheulen!

»Ist es wegen ihm gewesen?«, höre ich ihn fragen, als ich nicht in der Lage bin, zu antworten.

Meine Lippen beben. »Hm?«

»Wegen, wie war sein Name … Dean?«

Tyler … Was soll das jetzt? Wir dürften gar nicht über solche Dinge sprechen. Oder uns überhaupt noch mal außerhalb der Arbeit treffen. Ich merke doch, wie fürchterlich es mir dabei geht!

»Ava?«

Zittrig atme ich durch.

»Tut mir leid. Habe ich etwas Blödes gesagt?«

»N-Nein, also ...« Mit aller Kraft halte ich die Tränen zurück. »Ähm ...«

»Hey«, raunt er. »Wenn du über irgendetwas reden oder deinen Gefühlen freien Lauf lassen willst ...« Mehr sagt er nicht.

Und schon damit macht er mich fertig! Wie kann er die Unverschämtheit besitzen, jetzt auch noch so etwas Liebes zu mir zu sagen?

Meinen Gefühlen freien Lauf lassen. Wie gerne würde ich das tun. Vor allem jetzt. Vor allem bei ihm. Doch es geht nicht. Dass er mir genau das anbietet, hat nichts zu bedeuten. Auf keinen Fall kann ich dieses verlockende Angebot annehmen. Das würde alles nur noch schlimmer machen – für uns beide. Er ist bloß höflich, das darf ich nicht vergessen!

»Nein«, behaupte ich und sehe lieber wieder aus dem Fenster statt in seine Richtung. »Es geht mir gut. Wirklich. Ich bin gerne hier in Chicago, ganz egal, aus welchem Grund ich ursprünglich hergekommen bin. Man sollte nicht in der Vergangenheit leben. Und Dean ...« Abermals muss ich durchatmen. »Er ist Vergangenheit für mich.«

Er zögert. »Okay.« Und wieder ein Zögern. Dann höre ich, dass er einatmet, um etwas zu sagen.

»Ihr Ziel befindet sich auf der rechten Seite«, mischt sich das Navigationsgerät ein.

Wir sind da. Direkt vor meiner Wohnung. Das habe ich in meiner Verfassung gar nicht gemerkt. Aber im Grunde ist es besser so. Ich sollte mich von ihm verabschieden und gehen.

»Danke fürs Fahren«, sage ich mit gesenktem Kopf und schaffe es immer noch nicht, ihm in die Augen zu sehen. »Das war sehr freundlich von dir.«

Sag, Tyler, gehst du nicht schon allein damit ein Risiko ein? Wenn du eine Kollegin so spät abends zu ihrer Wohnung fährst und dabei gesehen werden könntest? Bin ich die Erste, für die du diese Ausnahme machst?

Ich würde es nur zu gerne glauben.

Weil ich es anscheinend liebe, mich selbst zu quälen.

Nein, die Wahrheit ist natürlich, dass noch immer ein Funken Hoffnung in mir lodert.

Unverbesserlich.

»Ava«, höre ich ihn leise sagen. In der nächsten Sekunde spüre ich seine Finger an meinem Kinn und er hebt meinen Blick in seinen.

Mein Herz pocht wie wild und ich bin völlig durcheinander! Dass wir uns nun derart ansehen und Tyler seine Finger an meinem Kinn behält, will ich gleichermaßen zulassen und vermeiden. Aus dem Augenwinkel erkenne ich, dass draußen jemand ist und sich bewegt. Doch vor allem, als es mir vorkommt, als würde Tyler mich ganz leicht streicheln, möchte ich meine Aufmerksamkeit auf ihn gerichtet halten.

»Hör zu, ich …«, beginnt Tyler.

Genau in der Sekunde bemerke ich allerdings, dass derjenige, der sich vor meiner Wohnung aufhält, näherkommt. Also blicke ich zu der Person und erschaudere, als ich sie erkenne. »Dean!«

»Was?«, entfährt es Tyler.

8. KAPITEL

AVA

Das glaube ich jetzt nicht! Dean ist hier!

»Was macht er denn hier ...«, murmle ich, schnalle mich ab und steige auch schon aus. Sogleich schlage ich die Beifahrertür hinter mir wieder zu und marschiere ihm entgegen. *Was hast du hier zu suchen?,* fragen meine Augen.

Dean bleibt gelassen. »Ich bringe dir deine Sachen. Hier.« Leicht hebt er den Karton an. »Das habe ich noch bei mir gefunden.«

Skeptisch verschränke ich die Arme. »Wie edel von dir. Was verschafft mir diese noble Tat?«

Er seufzt. »Bitte, Ava. Lass uns wie Erwachsene miteinander reden.«

»Hast du denn etwa auf erwachsene Art mit mir Schluss gemacht?«

»Fein. Du willst mir etwas an den Kopf knallen? Dann bitte. Tu dir keinen Zwang an.«

Genau damit will ich gerade loslegen, doch dann nimmt mir plötzlich sein Anblick den Wind aus den Segeln.

Ja, ich hätte meinen Gefühlen freien Lauf lassen sollen, als er sich von mir getrennt hat.

Aber jetzt – Wochen später?

Irgendwie hat das nun keine Bedeutung mehr.

Dass er immer noch wirkt, als hätte er problemlos mit mir abgeschlossen, ist die eine Sache.

Doch viel wichtiger ist: Auch ich habe in den vergangenen Tagen nicht mehr an ihn gedacht.

Wozu soll ich ihm eine Szene machen, wenn ich ihm doch klar ansehe, wie egal ich ihm längst bin? Ich brauche eine solche Szene nicht mehr, um mich besser zu fühlen. Dafür ist es mittlerweile zu spät. Also kann ich mir das sparen. Dass er mir überhaupt anbietet, mich an ihm abzureagieren, ist ebenfalls nobel – und gerade deswegen verdächtig.

Ich entscheide mich dagegen, ihm hier und jetzt Vorwürfe zu machen. »Was willst du?«, frage ich stattdessen. »Die Sachen, die du noch bei mir hattest, habe ich ebenfalls schon zusammengesammelt. Was genau brauchst du?«

»Na ja …« Er drückt mir den Karton in die Hände und kratzt sich am Hinterkopf. »Ich habe morgen Ehemaligentreffen, und du müsstest noch mein eines College-Shirt bei dir haben …«

Als mir klar wird, dass er tatsächlich nur deswegen hier aufgetaucht ist, weil er etwas aus meiner Wohnung haben will, muss ich seufzen.

»Aber schön, dass du meinen Kram auch schon zusammengeräumt hast«, fährt er fort und wagt es ernsthaft, mich breit anzulächeln. »Dann können wir das ja schnell über die Bühne bringen.«

Mir entfährt ein Schnaufen. »Ja, das ist genau dein Ding, nicht wahr?«

»Was?« Ratlosen Blickes zuckt er mit den Achseln. »Wie meinst du das?«

Tja. Was soll ich dazu noch sagen? Er kapiert es sowieso nicht.

Unruhig verlagert er das Gewicht. »Was ist denn jetzt, Ava?«

Gute Frage.

Natürlich kann er seine Sachen wiederhaben. Irgendwann hätte es sowieso dazu kommen müssen. Und es bringt auch nichts, wenn ich sein Hab und Gut vorher erst noch mit der Schere oder dem Feuerzeug bearbeite. Auch das würde ihm nicht endlich mal klarmachen, wie unmöglich er mich behandelt hat.

Aber ...

Will ich ihn ein letztes Mal in meine Wohnung lassen oder ihm den Kram lieber rausbringen?

Genervt schnaubt Dean. »Herrgott, Ava, was soll das? Jetzt stehen wir beide hier blöd herum. Warum starrst du mich so an? Hast du immer noch nicht mit der Vergangenheit abgeschlossen, oder was ist los?«

Entsetzt reiße ich den Mund auf. *Wie bitte?*

»Entschuldige, Schatz«, ertönt es auf einmal hinter mir.

Huh?

»Ich musste noch kurz telefonieren – du weißt ja, die Geschäfte.« Tyler kommt zu mir, knöpft sich das Jackett zu und stellt sich direkt neben mich.

Wann genau ist er eigentlich aus dem Wagen gestiegen ... und wie viel hat er von meiner Unterhaltung mit Dean mitbekommen?

Moment – hat er mich gerade *Schatz* genannt?

Schon spüre ich seine Hand an meiner Hüfte! Besitzergreifend langt er zu und zieht mich eng an seine Seite. »Hi«, raunt er sinnlich und gibt mir einen Kuss auf die Stirn. »Ich habe dich in den letzten zwei Minuten vermisst, ist dir das klar?«

Ich ziehe die Augenbrauen hoch. Was passi*ert hier?*

»Äh?«, bringt Dean bloß verdutzt hervor.

»Oh, hi«, meint Tyler gelassen und scheint Dean erst jetzt zu bemerken.

Nein, er tut nur so! Ebenso wie er vorspielt, dass wir frisch verliebt sind.

Warum tut er das?

Ganz klar: Weil er reichlich viel von meinem Gespräch mit Dean mitbekommen und sich kurzerhand dazu entschlossen hat, mir zur Seite zu stehen.

»Tyler«, stellt er sich direkt mit seinem Rufnamen vor und streckt Dean die freie Hand entgegen. »Wie geht's?«

Kluger Schachzug. Dadurch, dass er seinen Nachnamen nicht nennt, kommt er nicht nur salopp rüber, sondern es ist auch unwahrscheinlicher, dass Dean ihn aus irgendeinem Grund mit *Guard Electronics* in Verbindung bringen kann.

Noch immer steht Dean die Überraschung ins Gesicht geschrieben – mir zwar auch, aber darauf achtet mein Ex glücklicherweise nicht. Er ist rundum damit beschäftigt, diesen Traum von einem Mann zu mustern, der plötzlich aufgetaucht ist und sich verhält, als wäre er fest mit mir zusammen.

Perplex lässt Dean sich auf ein Händeschütteln ein und bringt noch immer keinen Ton hervor.

»Und Sie sind?«, muss Tyler nachhaken.

»Dean.« Er muss schlucken. »Dean Smith.«

»Dean Smith ...« Demonstrativ reibt Tyler sich den gestutzten Bart, als würde er angestrengt überlegen. Dann wendet er sich mir zu. »Schatz, von einem Dean hast du mir mal beiläufig erzählt, kann das sein?«

Boah, das hat gesessen, das ist Dean deutlich anzusehen!

Kein Wunder.

Soeben hat Tyler behauptet, dass ich ihm alles erzähle, selbst von einem Ex, allerdings ohne je eine große Sache daraus gemacht zu haben.

Clever. Durch und durch clever.

»Äh, ja«, entgegne ich und lächle verunsichert. »Dean hat mir ein paar Sachen vorbeigebracht.« Kurz blicke ich auf den Karton.

»Verstehe«, meint Tyler, der ebenfalls flüchtig zum Karton sieht, bevor er wieder mit schmaleren Augen Dean betrachtet. »Wie überaus freundlich von Ihnen.«

»Kein ... Problem ...«, murmelt mein Ex überfordert. Mehrmals pendelt sein Blick zwischen

Tyler und mir. »Und ihr zwei, ihr seid also …« Mehr sagt er gar nicht, stattdessen gestikuliert er unbeholfen mit den Händen.

Als ich merke, dass Tyler den Griff um meine Taille festigt, springt mir vor Aufregung fast das Herz aus der Brust. »Wir schauen mal, wohin das mit uns führt!«, platzt es nervös aus mir heraus.

»Ach!« Charmant lacht Tyler. »So nennst du das also, was wir miteinander anstellen?« Anschließend gibt er mir einen Kuss auf die Wange.

Sogleich prickelt es auf meiner Haut und ich fühle mich wie elektrisiert.

Das verlegene Lachen, welches ich daraufhin in die Welt entlasse, ist authentisch. Ebenso wie die Blicke, die ich Tyler zusende. Ich bin … frisch verliebt.

Das bemerkt auch Dean und scheint sich zunehmend unwohl zu fühlen. »Sorry, ich muss dann mal los.«

»Warte«, sage ich, ohne erst darüber nachzudenken, denn auf einmal fühle ich mich ihm gegenüber tausendmal selbstbewusster als zuvor.

Tyler toppt dieses Selbstbewusstsein allerdings sofort und nimmt sich das Recht heraus, mir vor Deans Augen ins Ohrläppchen zu beißen.

Erregt lache ich auf und drücke ihn leicht weg. *Denk daran: Auch all diese romantischen Gesten macht er gerade aus reiner Nettigkeit.* »Du wolltest doch deine Sachen wiederhaben«, erinnere ich Dean an den Grund für seinen Überraschungsbesuch.

»Sachen?«, überlegt Tyler laut. »Ach, stimmt ja, ihr wart mal zusammen, richtig?«

Oh, er ist gut, er ist echt gut!

Dean schnauft. »Das ist noch gar nicht lange her.«

»Aber wir wollen ja nicht in der Vergangenheit leben«, greife ich seinen Wortlaut von eben auf und muss mir ein Grinsen verkneifen. Mit größter Mühe versuche ich cool zu wirken. »Also. Deine Sachen. Ich hole sie sofort.«

Dean winkt ab. »Mach dir keinen Stress meinetwegen, Baby.«

Sag bloß! Auf einmal hetzt er mich nicht mehr? Und was soll nun wieder dieses Baby?

»Das ist doch kein Stress für uns«, entgegnet Tyler und nimmt mir den Karton ab. »Nicht wahr, Schatz?«

Uns!

Er hat *uns* gesagt!

Und buhlt mit Dean um den perfekten Kosenamen für mich!

…

Nein.

Reiß dich zusammen, Ava.

Das ist alles nur gespielt.

Was gerade in Dean vor sich gehen mag, weiß allein der Teufel, aber eins steht fest: Tyler will mir lediglich aus der Patsche helfen und mich vor meinem Ex gut dastehen lassen.

Vergiss das nicht.

»Genau«, gebe ich Tyler dennoch recht, denn es ist nur in meinem Sinne, wenn ich diese letzte

Angelegenheit mit Dean hinter mich bringe. »Wir geben dir gerne noch schnell deine Sachen zurück.«

Wir.

Ich habe *wir* gesagt!

Und es fühlt sich einfach nur richtig an, dies zu ...

Nein!

Konzentriere dich!

Schluss mit irgendwelchen Schmetterlingen im Bauch, und zwar endgültig!

Tausend Gefühle und Gedanken bevölkern dennoch weiterhin meinen Kopf, als ich mich von Tyler losmache, meinen Schlüssel hervorkrame und zur Haustür schreite. »Das ist ja flink erledigt.« Mit diesen Worten versuche ich mir vor beiden Männern nichts anmerken zu lassen. Ja, sie beide sollen denken, dass ich gelassen bin und es mich kalt lässt, von Tyler geküsst und von Dean aufgesucht zu werden. Mit zittrigen Fingern schließe ich die Haustür auf und öffne sie.

Als ich zu meiner Wohnungstür schreite, höre ich, dass mir jemand unaufgefordert nach drinnen folgt. Es ist Tyler. »Kommen Sie, Dean. In Avas Wohnung sind Ihre Sachen.«

»Ich weiß«, grummelt mein Ex und trottet Tyler hinterher.

Herrje ...

Vor einiger Zeit hat Dean mich eiskalt abserviert, kurz darauf habe ich Tyler unbegründet blöd angemacht, ehe er sich als mein neuer Boss herausgestellt hat.

Und dennoch ist *das hier* mit Abstand das Verrückteste, was mir je passiert ist!

Bleib cool. Gleich ist es überstanden, und beide Männer werden sich von dir verabschieden.

Hastig schließe ich die Tür zur Wohnung auf und trete ein. Ich vernehme, dass Tyler mir wie selbstverständlich in meine vier Wände folgt, als hätte er das schon oft getan.

»Weißt du, wo die Sachen sind?«, fragt er gelassen und stellt den Karton auf der Kommode im Flur ab.

»Ja!«, rufe ich ihm kurz darauf aus dem Schlafzimmer zu. Tatsächlich muss ich nicht lange überlegen. Zielstrebig greife ich mir die Box mit Deans Sachen aus dem Kleiderschrank und eile in den Flur zurück.

Dort angekommen bietet sich mir ein surreales Bild. Längst hat Tyler sich von seinem Jackett befreit, als wäre meine Wohnung bereits sein zweites Zuhause. Gelassen steht er da und lässt sich gerade von Dean erzählen, was für ein wichtiger Unfallchirurg dieser doch sei. Dabei entgeht mir nicht, wie verkrampft mein Ex noch immer wirkt.

»Interessant«, kommentiert Tyler bloß in neutralem Ton.

»Und Sie?«, will Dean, der etwas kleiner und schmaler ist, wissen. »Als was arbeiten Sie?«

Doch Tyler winkt ab. »Unwichtig, Sie müssen ja sowieso gleich gehen.« Er wendet sich mir zu. »Perfekt, du hast die Sachen gefunden.«

»Ja.«

Kurz scheint er zu überlegen, ob er in seiner Rolle als Gentleman bleiben und mir die Box abnehmen soll. Dann entscheidet er sich allerdings dafür, mir dieses Vergnügen zu überlassen. Dankbar nicke ich ihm zu, ehe ich an ihm vorbei gehe und ignorieren muss, wie deutlich mir sein verführerischer Geruch wieder in die Nase steigt. Räuspernd wende ich mich Dean zu, dieser wirkt nach wie vor angespannt.

»Hier«, sage ich matt und drücke ihm die Box in die Hände, wie er es vorhin mir gegenüber gemacht hat. »Da sollte alles drin sein.«

»Danke. Okay. Ich meine ... vielleicht fehlt ja doch etwas, dann würde ich mich noch mal bei dir melden, Ava, und umgekehrt natürlich auch, falls dir irgendetwas auffällt.«

»Wollen wir nicht hoffen, dass das nötig ist«, gebe ich von mir.

Schweigen.

»Gut, dann ...« Dean nickt und lächelt zurückhaltend. »Mach's gut, Ava.«

»Ciao.«

Dennoch bleibt Dean wie angewurzelt stehen. *Was hat er plötzlich?*

Als Tyler klar wird, dass Dean so schnell nicht freiwillig verschwindet, begibt er sich zu mir und sieht mich glücklich an. »Schön, endlich zu Hause zu sein, was?«

Kaum spüre ich seine Hände erneut an meinem Körper, muss ich aufgeregt und vorfreudig lachen. Das nimmt Tyler zum Anlass, um den nächsten Schritt zu wagen. Schon fühle ich seine Lippen auf meinen! Er küsst mich! Vor Dean! Ihn zu schmecken und zu riechen, lässt mir fast den Kopf wegfliegen! Wie benebelt schließe ich die Augen und lege die Hand an seine Wange, um den Kuss zu erwidern.

»Mmh«, mache ich.

Auch Tyler entlässt ein heißes Knurren, das zeigt, wie sehr er den Kuss genießt. Leicht stößt seine Zunge gegen meinen Mund.

»Oh Mann«, grummelt Dean, dann begibt er sich auch schon zur Haustür.

Damit ist der Plan aufgegangen. Mit unserem Fake-Kuss konnten wir ihn vertreiben. Beschämt lasse ich von meinem Fake-Freund ab und lecke mir die Lippen. Mehrmals räuspere ich mich und versuche zu begreifen, wo oben und wo unten ist. Mein Herzschlag überschlägt sich und mir ist heiß und kalt zu gleich.

Wow, war das schön!

Es wäre schön gewesen.

Wenn der Kuss und all die Leidenschaft nicht bloß gespielt gewesen wäre.

»Ciao!«, ruft nun auch Tyler meinem Ex hinterher und klingt dabei richtig freudig.

Also versuche ich mich auf etwas anderes zu konzentrieren als darauf, wie es gerade war, ein paar Sekunden lang von ihm geküsst zu werden.

Ich stelle mich benommen in den Türrahmen und suche Deans Silhouette. Kopfschüttelnd sehe ich ihm hinterher, bis die Haustür hinter ihm wieder zugeht und er aus meinem Blickfeld verschwindet. Gefühlt eine tonnenschwere Last *fällt mir von den Schultern.*

Es ist vorbei! Das zwischen Dean und mir ist vorbei.

Diesmal hat jener Gedanke eine positive Bedeutung für mich: Ich habe die allerletzte Begegnung überstanden. Dean hat sein Zeug wieder, und ich meins. Ob ich das ohne Tylers Unterstützung noch heute so spontan – und ja einigermaßen souverän – hinbekommen hätte?

Mit großen Augen wende ich mich Tyler zu und trete weiter in den Flur ein. »Danke.«

Wow. Seit Dean weg ist, wirkt Tyler verändert. Längst ist die Gelassenheit aus seinem Gesichtsausdruck und seiner Körperhaltung gewichen. Einen nervösen Eindruck macht er zwar nicht direkt, aber diese Sorglosigkeit und Freude, die er eben noch versprüht hat, scheint wie weggeblasen zu sein. Das irritiert mich ebenso sehr wie der Anblick seiner muskulösen Konturen, die ich jetzt, wo er das Jackett nicht mehr anhat, noch genauer zu sehen bekomme.

»Kein Problem«, erwidert er mit seiner tiefen, männlichen Stimme. Sein inständiger Blick ruht auf mir. »Geht es dir gut?«

Kurz überlege ich, dann kann ich mich zu einem Lächeln durchringen. »Ja. Ich bin froh, dass ich das hinter mir habe. Aber vielleicht hätten wir ihm nicht zwingend vorspielen müssen, zusammen zu sein.«

»Zusammen«, wiederholt er sinnlich. »Interessant. Ich dachte, wir spielen einfach nur verliebt. Ich wusste ja nicht, dass du direkt einen Schritt weitergehen möchtest.« Er zwinkert.

Verlegen senke ich den Kopf und lächle, ehe ich den Blick wieder in seinen hebe und ernster werde. »Du weißt sicher, worauf ich hinauswill. Wir haben ihm ein ziemliches Theater vorgespielt.«

»Tut mir leid, aber als ich ausgestiegen bin und bemerkt habe, wie respektlos er mit dir redet, kam das Bedürfnis in mir hoch, ihm eins reinzuwürgen. Und – sei ehrlich, Ava. Hattest du nicht gerade Spaß dabei, *ihn* den Überforderten in dieser Szene sein zu lassen? Oder habe ich den Ausdruck in deinem Gesicht falsch gedeutet?«

Schuldbewusst verziehe ich den Mund. »Ja okay, vielleicht hatte ich zwischendurch ganz kurz ein klein wenig Spaß.« Meine Betonung liegt auf *zwischendurch*. Und *ganz kurz*. Und *ein klein wenig*.

Aber spreche ich damit wirklich auf Deans perplexes Gesicht an … und nicht vielmehr darauf, Tylers Nähe zu spüren?

Zufriedenen Blickes hebt er den Kopf. »Siehst du? Gut dastehen zu wollen, ist nur menschlich und nichts Verwerfliches. Das hat auch etwas mit Würde und Verantwortung zu tun.«

»Ich will auch gar nichts anderes behaupten«, entgegne ich gedankenversunken. »Aber … wie weit man dafür bereit ist zu gehen, muss jeder selbst entscheiden.«

»Natürlich«, gibt er mir recht. »Genau das habe ich eben getan. Und du auch, schätze ich.«

»Ja …«

Auf einmal kommt eine Stille auf, die sich unerträglich anfühlt. Noch immer ist es vertraut und schön, aber genau das ist mein Problem. Ich empfinde etwas für ihn. Viel mehr, als ich darf. Diese Gefühle werden nicht erwidert. Selbst wenn er wollte, so würden ihm seine Prinzipien niemals erlauben, sich auf mich einzulassen. Soeben hat der Teufel mich von der verbotenen Frucht kosten lassen. Ich könnte glatt süchtig danach werden, wie gut sie mir geschmeckt und welche Glücksgefühle sie in mir ausgelöst hat! Doch sie bleibt exakt das: verboten. Für immer. Und das zerreißt mir das Herz.

Verdammt, es ist besser, wenn er jetzt geht. Der Abend war wundervoll, und auch für seine Unterstützung gegenüber Dean bin ich ihm dankbar. Aber mit jeder Sekunde, die ich ihm länger erlaube, hier zu sein, quäle ich mich nur selbst.

»Also dann«, leite ich deswegen unsere Verabschiedung ein. »Danke für den schönen Abend, mit allem Drum und Dran.«

Sein Blick hält mich fixiert und er kommt näher.

»Und keine Sorge«, füge ich nervös an. »Auf der Arbeit werde ich mich natürlich so verhalten, als wenn all das heute nicht passiert wäre.«

»Ja?«, fragt er, überwindet den letzten Meter zwischen uns und legt die warme, starke Hand an meine Wange. »Kannst du das denn?«

»Tyler ...«, verlässt es zittrig meinen Mund, ich senke den Kopf und versuche zu ignorieren, welches Gefühlschaos er mit einer solch simplen Geste bereits in mir auslöst. »B-Bitte …«

Dean ist doch gar nicht mehr da …

Zärtlich fährt sein Daumen über meine Unterlippe. »Ich weiß nämlich nicht, ob *ich* das kann.«

Überrascht blicke ich ihn an. »Was?«

9. KAPITEL

TYLER

»Du hast mich schon verstanden«, sage ich. Längst hat sich mein Daumen selbstständig gemacht und gleitet mit gewissem Druck über ihre volle Unterlippe. »Ich kann unmöglich so tun, als wenn zwischen uns nichts vorgefallen ist.«

Runde, grüne Augen mit braunen Sprenkeln schauen mich voller Erwartung an. »Wie meinst du das?«

Ich sehe ihr auf diesen perfekten, verführerischen Mund. Meine Hand umfasst ihr Kinn fester und ich ziehe ihr Gesicht dicht zu meinem. Stürmisch landen meine Lippen auf ihren, als bräuchte ich sie zum Atmen. Der kurze Kuss, dem wir uns eben hingegeben haben, reicht mir nicht.

Deswegen hole ich mir mehr.

Erneut gibt Ava süße Geräusche von sich, als ich sie mein Verlangen schmecken lasse. »Mmh …«

Leicht drückt sie mich weg. Zu leicht, um es ernst zu meinen. »Uhh …«

Im darauffolgenden Moment nehme ich ihr Gesicht in die Hände und presse sie an mich. Meine Zunge schiebt sich in ihren Mund und sucht ihre.

»Tyler …«, haucht sie zwischen zwei leidenschaftlichen Zungenküssen. »Wa …«

Wieder knebele ich sie mit meinen Lippen und fordere den nächsten Kuss ein.

Nun drückt sie mich fester weg. »Warte …«

Widerwillig halte ich inne und sehe sie an. *Ich will aber nicht mehr warten,* sendet mein Blick ihr zu.

»Ich verstehe das nicht …« Ihre Atmung ist genauso schwer wie meine. »Sagtest du nicht, dass du nie etwas mit einer Kollegin anfangen würdest?«

»Nein«, raune ich. »Ich sagte, dass ich es in der Vergangenheit nie zugelassen habe.« Ohne eine Antwort von ihr abzuwarten, falle ich über sie her und knabbere an ihrem Hals.

Erregt seufzt sie. Ihre Finger graben sich in mein Haar, halten sich daran fest. »Dann … willst du eine Ausnahme machen?«

Ich übersäe ihren zarten Hals mit feuchten Küssen. *Muss ich wirklich noch mehr dazu sagen, Kleines?*

»Oh, Tyler!«, stöhnt sie verführerisch, als ich ihr ins Ohrläppchen beiße.

Aber …

Sie hat Hemmungen.

Noch.

»Denk mal nach«, verlange ich liebkosend. »Was denkst du, warum ich darauf bestanden habe, dass wir uns weiter beim Vornamen ansprechen? Oder weshalb ich dich mehrmals nach deinem Freund gefragt habe? Das hatte einen Grund.«

»Natürlich hatte es das.« Sie keucht vor Erregung und nickt. »Du überlässt nichts dem Zufall ...«

»Du hast mir den Kopf verdreht, und zwar von der ersten Sekunde an.«

»Na ja«, entfährt es ihr, und es klingt, als wolle sie mir widersprechen.

»Was?«, frage ich. Mein Mund wandert zurück zu ihrem, ich lecke über ihre Lippen, anschließend küsse ich das Muttermal über ihrer Oberlippe.

Damit entlocke ich ihr ein glückliches Lachen, ehe sie selbst aktiv wird und mir einen Kuss stiehlt.

»Das wollte ich vorhin schon im Wagen mit dir machen«, gebe ich zu und erwidere den Kuss nur zu gerne. *Dich küssen, an deinen empfindlichsten Stellen knabbern, dich zum Stöhnen bringen und zusehen, wenn du dich gehen lässt.* »Allerdings ist dann dieser Typ aufgetaucht.«

»Dean«, sagt sie automatisch.

Nein.

Erwähne diesen Vollidioten niemals wieder!

Mein Name ist es, den du seufzen sollst.

Zur Strafe drücke ich sie nach hinten gegen die Wand und halte sie an ihrem zarten Hals fest, als ich ihr die Zunge abermals in den Mund stecke und ihr keine Chance geben will, an einen anderen zu denken als an mich.

»Uhh … Tyler, ich …«

Leidenschaftlich küsse ich sie weiter. Meine Hand hält ihren Hals umklammert und presst sie stärker gegen die Wand.

»Tyler, wenn du nicht sofort aufhörst …«

»Dann *was*?«

Ihr heißer Atem wirft sich gegen mein Kinn. »Dann will ich mehr.«

Lachend lecke ich über ihre gut durchbluteten, wundgeküssten Lippen. »Das hättest du jetzt nicht sagen dürfen.« Erneut presse ich meinen Mund auf ihren und schmecke die Süße, die ihr ganzer Körper auf mich ausstrahlt. Sie ahnt nicht, was sie in mir auslöst, aber das werde ich sie spüren lassen. Jetzt.

»Was …«, haucht sie, »… hat das zu bedeuten?«

»Nicht jetzt«, befehle ich murmelnd zwischen zwei stürmischen Küssen.

Sie soll endlich aufhören zu reden und mir ihr Schlafzimmer zeigen.

»Aber wir sollten … vielleicht erst noch weiter … reden …« Doch die Art und Weise, wie sie das sagt, spricht genau für das Gegenteil.

»Wir sollten das tun, was wir wollen.«

Als Ava mich das sagen hört, wirkt sie erleichtert und dankbar, voller Sehnsucht und Lust. Seufzend lässt sie ihre Finger durch mein Haar gleiten. Ich verstärke den Druck meines Körpers gegen ihren, nagele sie regelrecht an der Wand fest, mit allem, was ich habe und bin. Zärtlich fahre ich mit der Hand ihren Arm entlang, über ihre Hüfte, weiter nach unten. Neugierig erkunden meine Finger ihre perfekten Rundungen. Ich umfasse ihr Bein und ziehe es nach oben, an mich. Willig lässt sie es geschehen.

»Willst du immer noch mehr?«, raune ich, wohl wissend, dass ich ein *Nein* längst nicht mehr akzeptieren werde.

Ihr Körper hat mir sowieso längst die einzige Antwort gegeben, die ich durchgehen lasse, doch ein letztes Mal will ich, dass sie es mir deutlich signalisiert.

Sie nickt und schaut mich mit funkelnden Augen an.

»Und *wo* willst du es?«, frage ich glücklich lachend, während ich ihr einen Kuss auf die Wange gebe, der es heftig in mir kribbeln lässt.

»Lass uns ins Schlafzimmer gehen«, erwidert sie brav und ungeduldig zugleich.

Verstehe. Sie will es ganz klassisch im Bett tun. Genau die Spielwiese, die mir für unser erstes Mal vorschwebt. Je besser sie sich entspannen kann, umso schöner wird es auch für mich sein.

Ich lasse ihr Bein los und lockere den Griff um ihren zarten Hals. Bevor ich ihr jedoch erlaube, sich zu bewegen, hole ich mir noch einen Kuss. Meine Zunge prescht in ihre Mundhöhle, drängt ihre beiseite und erkundet jeden feuchten Winkel.

Erregt stöhnt Ava auf und zuckt zusammen.

Als ich mich von ihr löse, ringen wir beide nach Luft. Ohne, dass ich ein Wort sagen muss, nimmt sie meine Hand und führt mich in den Raum am Ende des Flurs.

Mit einem schnellen Blick sehe ich mich um. Alles ist aufgeräumt und sauber, das Bett ordentlich gemacht. Das wird sich sofort ändern.

Küssend dirigiere ich Ava rückwärts, bis wir das Bett erreichen. Meine Finger gleiten gierig über ihren Körper, öffnen Knopf für Knopf die Bluse. Unterdessen nehme ich mit Genugtuung wahr, dass Ava dasselbe mit meinem Hemd anstellt. Schon das beschleunigt unsere Atmung wieder. Trotzdem dauert es gefühlt viel zu lange, bis wir uns endlich von den Klamotten befreit haben.

Ava möchte sich aufs Bett setzen, doch ich lasse sie nicht.

»Ich will dich ansehen«, verlange ich.

Gehorsam bleibt sie stehen.

Unverhohlen wandert mein Blick über ihren Körper, von dem süßen Mund über die perfekten Brüste bis zu ihrer Scham. Als mein Blick dort ankommt, kneift sie die Oberschenkel etwas zusammen.

Gemächlich komme ich näher und genieße es, sie genauestens zu betrachten und mir ihren nackten Anblick für die Ewigkeit einzuprägen. Kaum habe ich die letzten Zentimeter zwischen uns überwunden, ziehen ihre Kurven meine Hände wieder magisch an. Mit Druck gleiten meine Finger über ihre Brüste, ertasten sie, drücken sie leicht.

Allein mit den Fingerspitzen wiederhole ich die Fahrt über ihre Haut. Dabei widme ich mich etwas länger ihren Brustwarzen, die sich prompt zusammenziehen, als ich sie umkreise.

Sinnlich wirft Ava den Kopf zurück und zeigt mir, wie sehr sie meine leidenschaftlichen Berührungen und meine ungeteilte Aufmerksamkeit genießt. Das zu sehen, pumpt sofort die Lust in meinen Schwanz.

Meine Finger erforschen ihren Körper weiter. Den flachen Bauch. Ihren Bauchnabel. Und schließlich ihre empfindlichste Stelle. Sanft streicheln meine Finger über ihre Schamlippen, nur um diese im nächsten Moment zu teilen und mit Zeige- und Mittelfinger in sie einzudringen. Lusterfüllt stoße ich Luft aus, als ich ihre feuchte Wärme zu spüren bekomme. Zu wissen, dass meine Finger in ihr sind und wir miteinander verschmelzen, bringt mich bereits so sehr in Fahrt, dass es fast schon schmerzt. Dass Ava auch noch süß aufstöhnt, gibt mir den Rest. Lange halte ich das nicht mehr aus. Es wird Zeit, dass wir uns in die Horizontale begeben.

»Jetzt darfst du dich hinlegen«, sage ich mit rauer Stimme und versuche meine eigene Ungeduld in den Hintergrund zu drängen.

Ahnt sie inzwischen, wie sehr ich sie will? Ich wünsche es mir.

Ava leistet meiner Anweisung Folge und krabbelt aufs Bett. Dabei leckt sie sich derart verführerisch über die Lippen, dass ich kaum noch an mich halten kann. Mit all meiner Willenskraft zwinge ich mich zur Beherrschung, lege mich auf sie und fange an sie zu küssen. Wieder erobert meine Zunge ihren Mund, während meine eine Hand sich ihrem harten Nippel widmet. Keuchend reagiert Ava auf meine Berührungen. Auch die andere Brustwarze wird schnell hart, als ich sie kräftig massiere, und steht wie eine Knospe hervor.

Küssend und knabbernd nähert sich mein Mund ihrem Nippel. Als ich ihn erreiche, daran sauge und leicht hineinbeiße, krallen sich Avas Fingernägel in meine Schultern. Das verstehe ich als Aufforderung, um mit der Zunge zwischen ihren Beinen abzutauchen und ihre Klit zu umkreisen. Küssend und knabbernd rutsche ich langsam an ihr herunter.

Verdammt, ich liebe es, wie sie riecht und schmeckt. Und wie sie auf mich reagiert.

»Ahhh …« Die Geräusche, die sie von sich gibt, als ich sie lecke, sind Musik in meinen Ohren und dringen direkt bis zu meinem besten Stück vor.

Auch Avas Mitte schreit mit ihrer glänzenden Feuchtigkeit regelrecht danach, mit mir zu verschmelzen.

Mein Mund lässt von ihrer Scham ab, ich wandere zurück nach oben und sehe ihr tief in die Augen. Flehend erwidert sie meinen Blick, flehend nach mehr. Ungeduldig drücke ich ihre Beine auseinander, bringe mich über ihr in Position und dringe in ihre warme, feuchte Spalte ein.

Süß stöhnend nimmt Ava mich in Empfang. Ihre Beine schlingen sich um meine Taille. Ich verharre einen Moment und betrachte sie, dabei streichle ich ihr übers braune Haar. Dann fange ich an mich zu bewegen, zunächst vorsichtig, dann tiefer, fester, schneller. Avas Körper spiegelt meine Bewegungen perfekt, ihre Beine drücken gegen meinen Hintern, feuern mich förmlich an weiterzumachen. Schweiß bildet sich auf unseren Körpern, vermischt sich miteinander, ebenso wie unsere Laute, die immer kräftiger werden, passend zu unseren rhythmischen Bewegungen.

Verflucht, sie auszufüllen und ihre inneren Wände zu reiben, fühlt sich einfach nur toll an! Ich kann kaum noch klar denken und kenne allein die Lust.

Fingernägel krallen sich in meine Haut, während ich uns höher und höher bringe. In meinem harten Schwanz pocht es bereits, und auch in Avas Körper pulsiert es immer mehr. Ich spüre, wie sich ihre Beine verkrampfen und dann auch die Muskeln, die meinen Schaft umschließen. Dieser letzte Kick lässt mich laut aufstöhnen. Im selben Moment bäumt Ava sich schreiend unter mir auf und verfällt in ein mehrmaliges Zucken. Ihre Nägel zerkratzen meine Haut, was mich zielsicher über die Klippe bringt. Ich fühle mich glücklich, berauscht, wie auf Drogen und genau dort, wo ich jetzt sein will – mit ihr.

Es ist wie eine Erlösung, als ich mich in ihr ergieße und obendrein dabei zusehen darf, wie auch sie zum Höhepunkt kommt und unter mir die reine Ekstase erlebt.

Schwer atmend sehen wir uns in die Augen. Schwer atmend, verschwitzt und glücklich. Erneut machen sich meine Finger selbstständig und streichen ihr voller Zärtlichkeit eine nasse Strähne aus dem Gesicht.

Dann sacke ich keuchend über ihr zusammen.

Wow, was für ein Ritt!

Mein Atem geht immer noch stoßweise, als ich mich von Ava herunterrolle. Einen Moment später drehe ich mich auf die Seite. Sie tut es mir gleich, sodass wir uns in die Augen sehen können. Entspannt. Glückerfüllt. Zufrieden. In absoluter Perfektion.

Eine Zeit lang liegen wir nebeneinander, ohne dass es irgendwelcher Worte bedarf. Minute um Minute normalisiert sich unsere Atmung wieder. Schließlich nehme ich sie in die Arme und drücke sie an mich. Sogleich kuschelt Ava sich an meine Brust und scheint diesen Moment ebenso sehr zu genießen wie ich. Zärtlich fahren ihre Fingerspitzen über meine Bauchmuskeln und entfachen ein Kribbeln in mir, das ich nur zu gerne zulasse.

»Wie oft trainierst du eigentlich?«, fragt sie und ertastet meine Muskeln weiter.

Glücklich lache ich. »Viel wichtiger ist doch: Möchtest du eigentlich, dass ich über Nacht bleibe?«

Ein süßes Lächeln. »Nein, keine Sorge. Auch mir wäre es lieber, wenn wir das, was zwischen uns läuft, auf der Arbeit nicht an die große Glocke hängen. Zumindest in der ersten Zeit.« Sie löst sich aus meiner Umarmung, erhebt sich aus dem Bett und wirft sich ihren Morgenmantel über, der noch auf dem Boden gelegen hat. »Wir sollten morgen aus unterschiedlichen Richtungen ins Büro kommen.«

»Und das meinst du wirklich ernst?«, möchte ich mich vergewissern.

»Versprochen. Das ist kein Test oder Spiel. So bin ich nicht. Ich meine es wirklich so, wie ich es gerade gesagt habe.«

Ich nicke. »Gut. Das sehe ich nämlich auch so.« Dann stehe ich ebenfalls auf und bin bereits damit beschäftigt, mir die Kleidung, die Ava mir vorhin vom Körper gerissen hat, wieder überzustreifen.

Ja, ich finde es tatsächlich besser, wenn wir morgen nicht zusammen in der Firma auftauchen und womöglich noch Händchenhalten. Mir fällt ein Stein vom Herzen, da wir diesbezüglich offenbar einer Meinung sind. Es stimmt zwar: Ich mache eine Ausnahme und lasse mich auf eine Mitarbeiterin ein. Für Ava bin ich bereit, mit einer meiner obersten Regeln zu brechen. Doch das bedeutet noch lange nicht, dass ich scharf darauf bin, jeden davon wissen zu lassen. Nach wie vor setze ich viel daran, die Kontrolle zu behalten. Über mein Privatleben. Mein Image. Meine Karriere. Alles.

Mit einem weiteren leidenschaftlichen Kuss, bei dem ich ihr Gesicht halte, verabschiede ich mich von ihr. Auch wenn ich jetzt gehen muss, soll sie spüren, wie sehr ich unseren gemeinsamen Abend genossen habe. »Gute Nacht, Ava.«

Verliebt blickt sie mich an. »Gute Nacht, Tyler.«

»Gib mir deine Nummer. Sprechen wir uns morgen nach der Arbeit?«

»Nichts würde mich mehr freuen.«

Perfekt.

***

Kurze Zeit später sitze ich im Wagen und fahre zu meinem Apartment. Mit einem Lächeln im Gesicht lasse ich den Abend Revue passieren. Jede einzelne Minute, die sich heute ereignet hat. Und das lässt mich die Mundwinkel noch weiter auseinanderziehen.

Ausgezeichnet.

Alles läuft wunderbar.

Genau, wie es das soll.

Heute Abend bin ich meinem Ziel ein gutes Stück nähergekommen.

Ich wusste, es würde sich lohnen, Geduld zu zeigen.

Dieser Grundsatz gilt bei Frauen ebenso wie gegenüber meinen Konkurrenten.

Ava vertraut mir inzwischen.

Weil ich die Angelegenheit nicht überstürzt habe.

Wie sich nun herausgestellt hat, ist das genau die richtige Entscheidung gewesen.

Hervorragend.

So ist nun also eins zum anderen gekommen.

Vor einigen Wochen noch habe ich mich gefragt, was ich als Nächstes erreichen will. Aber dann ist mir Ava über den Weg gelaufen. Durch ihr Auftauchen bei *Guard Electronics* ist mir etwas klar geworden. Vollkommen unverhofft hat sich mir eine einmalige Gelegenheit geboten. Seitdem habe ich ein neues Ziel vor Augen.

Und wie üblich bin ich bereit, alles zu tun, um mein Ziel zu erreichen.

10. KAPITEL

AVA

»Krass!«, entfährt es mir und ich sehe sie wie gebannt an. »Das hast du echt gemacht?«

Lässig zuckt Kate, mit der ich gerade zusammen Mittagspause mache, mit den Achseln. »Wieso auch nicht? Der Typ hat mich gefragt und ich habe ja gesagt. Weil ich Lust darauf hatte. Ganz einfach.«

Ich ziehe die Brauen hoch. »So kann man das natürlich auch sehen.« Grinsend schüttle ich den Kopf. »Du bist also wirklich mit dem Kerl auf diese Party gegangen?« Meine Finger spielen am Strohhalm meines Erdbeer-Milchshakes. »Wie darf ich mir das überhaupt vorstellen – wie läuft so eine Party ab? Und was für Leute gehen da so hin? Ist es so, wie man es sich vorstellt, oder ganz anders?«

»Nein, Ava«, entgegnet sie mit einem ebenso neugierigen Grinsen auf ihren Lippen. »Lass uns lieber über *deine* Nacht sprechen. Du hast zwar

Andeutungen gemacht, aber das reicht nicht. Wer *A* sagt, muss auch *B* sagen. Vor allem, wenn es um so etwas Spannendes geht.«

Verlegen lache ich. »Meine Nacht soll spannender gewesen sein als deine? Na hör mal! Du warst auf einer Fetisch-Party!«

Schmunzelnd lehnt sie sich in ihrem Stuhl zurück.

»Mensch, Kate, ich will alles darüber wissen! Los, rede!« Meine Augen werden größer und ich lehne mich etwas vor. »Laufen da alle in schwarzem Lack und Leder herum?«

»Einige, aber nicht alle. Manche gehen auch auf allen vieren an der Leine. Oder tragen eine pinke Maske, kombiniert mit einem engen Leoparden-Body. Andere wiederum sind vollkommen gewöhnlich gekleidet. Es ist eine bunte Mischung. Aber wenn du nackt kommen und dich von den anderen Besuchern begutachten lassen willst, weil dich das anmacht, dann ist auch das erlaubt und akzeptiert.«

»Okay. Gehören die Gäste denn zu einer bestimmten Altersgruppe?«

»Nein, jedes Alter, jede Berufs- und jede Gewichtsklasse ist vertreten. Vom zwanzigjährigen, dürren Studenten bis zum sechzigjährigen, stämmigen Vorstandsmitglied.«

»Also gibt es auf so einer Fetisch-Party mehr Männer als Frauen?«

»Minimal vielleicht. Die Frauenquote ist gar nicht so niedrig.«

»Und … wird man von irgendwelchem Fremden angemacht oder sogar angefasst?«

»Nur, wenn du es willst. Durchaus verschwinden so einige in die dafür vorgesehenen *Playrooms,* um rumzumachen, aber ob es beide auch wirklich wollen, wird vorher unbedingt abgeklärt. Es sind auch viele Frauen darunter, die einfach ihre Brüste vergleichen oder mal eine andere Dame küssen wollen. Oder man zeigt sich gegenseitig seine Tattoos und Piercings. Die stillen Beobachter gibt es aber ebenso. Und wenn du als Frischling das erste Mal auf einer solchen Party bist, bedrängt dich in der Regel niemand mit Blicken oder Sprüchen, wenn du es nicht willst. Die Leute achten schon darauf, was du ausstrahlst und wie du dich gestylt hast.«

»In der Regel«, wiederhole ich murmelnd.

»Leider gibt es überall Idioten. Und auch davon abgesehen glaube ich nicht, dass eine Fetisch-Party so dein Fall wäre, Süße. Aber – Ava!« Nahezu flehend sieht sie mich an. »Jetzt sag schon! Was genau ist letzte Nacht zwischen Tyler und dir passiert?«

»Ich hätte aber noch tausend weitere Fragen zur Fetisch-Party«, protestiere ich und muss gleichzeitig glücklich lachen, weil sie mich auf Tyler anspricht.

»Nee! Genug von Lack, Leder und Leinen – ich will endlich alles über dein Date mit Mr. Perfect wissen!«

»Ach, es war ja eigentlich gar kein richtiges Date …« Verlegen spiele ich an einer braunen

Strähne von mir und fühle mich plötzlich wieder, als wäre ich fünfzehn und hätte zum ersten Mal einen Jungen geküsst. Dementsprechend erröte ich und muss breit lächeln. »Wir sind uns nach dem Feierabend zufällig am Fahrstuhl begegnet.«

»So fangen die schönsten Geschichten an!«, findet Kate schmachtend, obwohl sie selbst momentan ja gerne Single ist.

»Findest du das wirklich spannender als die Fetisch-Party?«, frage ich.

»Machst du Witze? Und wie! Wir reden hier immerhin über deinen heißen Boss … und obendrein über den Typen aus dem Irish Pub.«

Musst du mich daran erinnern?, dürfte mir ins Gesicht geschrieben stehen.

»Weiter!«, fordert sie voller Neugier. »Ihr seid also zusammen im Aufzug gewesen. Da hat es wohl zwischen euch ordentlich geknistert?«

»Ja …« Meine Wangen werden noch wärmer und ich erinnere mich daran, wie es sich angefühlt hat, dicht neben ihm zu stehen, ungestört, und ihn zu riechen. »Jedenfalls sind wir ins Gespräch gekommen und er hat mich gefragt, ob er mich nach Hause fahren darf.«

»Wow, einfach so? Warte – wollte er nicht schon damals im Pausenraum wissen, ob du einen Freund hast? So ganz unterschwellig.«

Ich kichere. »Ja. Rückblickend kann ich das bestätigen.«

»Und dann sind auch noch deine Eltern aufgetaucht, habe ich das richtig verstanden?«

»Genau. Na ja, und kurz darauf saßen wir zu viert im Restaurant.«

Kate staunt. »Mannomann! Nachdem ihr euch in den ersten Wochen Zeit gelassen habt, geht ihr jetzt richtig in die Vollen, was? Schon ist Tyler bei deinen Eltern vorstellig geworden.«

Beschämt winke ich ab. »Das war ja reiner Zufall, dass sie sich begegnet sind.«

»Ach, und dass Tyler euch zum Essen begleiten würde etwa auch? Du meintest doch mal, er behält über alles die Kontrolle. Hat er dann vielleicht auch euer Gespräch kontrolliert, um euch ins Restaurant begleiten zu dürfen?«

»Er hat uns den Italiener empfohlen«, fällt mir dazu ein.

»Weil er unbedingt Zeit mit dir verbringen wollte«, ist Kate sich sicher.

Das lässt mich abermals verliebt lächeln. »Offensichtlich.« *Ja, immer mehr kann ich diesen wundervollen Gedanken annehmen!*

»Immerhin seid ihr anschließend in der Kiste gelandet«, gibt sie salopp von sich.

»Er hat mich nach dem Abendessen nach Hause gefahren ...«

»Ja?«

»Und dann ...«

»Jaaa?«

»Ist Dean aufgetaucht.«

»W-Was?«

Ich knirsche mit den Zähnen. »Es war echt komisch. Vor allem, weil er sich richtig blöd verhalten hat. Erst war er total kalt zu mir, und dann, als er Tyler an meiner Seite gesehen hat, wurde er irgendwie …«

Auf einmal vibriert mein Handy. Rhythmisch. Wieder und wieder. Ich werde angerufen.

»Geh ruhig ran«, meint Kate und verschränkt schmunzelnd die Arme. »Dein Mr. Perfect hat bestimmt schon Sehnsucht nach dir.«

»Quatsch«, behaupte ich, während ein Teil von mir hofft, dass es tatsächlich so ist. Noch immer fühle ich mich wie ein Teenager, voller Hormone, Neugier, Erwartungen und Glück. So habe ich ewig nicht mehr empfunden. »Ich habe bereits mit Tyler ausgemacht, dass wir uns heute Abend sprechen, ungestört.«

»Ja und?« Auch Kate grinst. »Vielleicht hält er es bis dahin einfach nicht mehr aus.«

Mit einem verlegenen Lächeln hole ich mein Smartphone aus der Handtasche hervor und schaue nach, wer mich anruft. Vor lauter Überraschung stockt mir der Atem. Ich erkenne die Nummer, auch wenn sie nicht mehr in meinen Kontakten gespeichert ist.

Es ist Dean.

Dean!

Was will er denn plötzlich von mir?

Dass er überhaupt noch meine Nummer hat!

Aber vielleicht musste er mich nie aus seinen Kontakten löschen, weil es für ihn nichts zu Verarbeiten gegeben hat.

Ich nehme den Anruf an. »Hallo?«

»Ava, hey. Schön, dass du rangehst.«

»Was möchtest du, Dean?«

Als Kate klar wird, mit wem ich telefoniere, rollt sie mit den Augen.

Durch die Leitung höre ich ein Räuspern. »Weißt du, ich habe noch mal über uns nachgedacht und … können wir uns treffen, heute Abend?«

Wild gestikuliert Kate mir, dass ich ihn abwürgen soll, ganz egal, womit er mich behelligen will.

»Wozu?«, antworte ich ihm. »Wir hatten uns in den ganzen letzten Wochen nichts zu sagen, und ich wüsste nicht, dass ich noch irgendwelche Sachen von dir hätte oder etwas von meinem Kram vermissen würde.«

Für diesen Konter gibt Kate mir zwei Daumen hoch.

»Genau das würde ich gerne wieder ändern, Ava«, ertönt es aus meinem Handy.

Was?

»Bitte«, fügt er inständig an. »Können wir uns heute noch sehen?«

Ich erstarre zu Eis.

»Bitte, Ava.«

Was ist los?, fragen Kates Augen. *Was sagt er?*

»Nur um zu reden«, fährt er mit hoffender Stimme fort. »Lass uns reden.«

Lass uns reden.

Genau darum habe ich ihn vor einem Monat auch gebeten.

Aber damals ist ihm seine Zeit dafür zu schade gewesen.

»Reden …«, murmle ich.

Hastig schüttelt Kate den Kopf.

»In Ordnung«, spreche ich ins Handy, während ich Kate ansehe. »Lass uns reden. Heute Abend um sieben. Ich suche mir noch ein Restaurant aus und schreibe dir die Adresse.«

Erleichtert lacht er. »Super! Also, ich meine ... Danke, Ava. Das bedeutet mir viel, das kannst du mir glauben. Dann bis heute Abend. Ich freue mich riesig darauf.«

»Ja, bis dann«, meine ich bloß nüchtern und lege auch schon auf. Eine emotionalere Verabschiedung hat er schließlich nicht von mir verdient.

Dennoch ernte ich im nächsten Moment den skeptischen Blick meiner Freundin. »Süße ...«

Ja, Kate?

»Ich weiß, du willst besser sein als er und kannst eure gemeinsame Zeit nicht einfach so wegschmeißen wie er, aber ...«

Ich hebe die Hand. »Schon gut. Ich weiß, worauf du hinauswillst. Aber mach dir keine Sorgen. Soll ich dir sagen, warum ich mich darauf einlasse? Weil das meine Chance ist, um ihm endlich von Angesicht zu Angesicht zu sagen, was ich davon halte, wie er mit mir Schluss gemacht hat. Das hätte man nämlich auch auf nettere Art machen können. Nenn mich naiv, aber ich möchte gerne hoffen, dass er das wenigstens für die Zukunft endlich mal kapiert. Und wenn ein Teil von ihm mich nun ernsthaft vermisst, dann finde ich vielleicht endlich mal einen Zugang zu ihm.«

»Okay?«, erwidert Kate, mehr gefragt als gesagt. »Wenn es dir wirklich nur darum geht?«

Entschlossen nicke ich. »Glaub mir. Von dem lasse ich mich nicht noch mal blenden.«

»Weil du jetzt Tyler hast.«

»Weil ich mit Dean abgeschlossen habe«, stelle ich klar.

»Okay«, sagt sie – diesmal ohne Fragezeichen in ihrer Betonung. »Das klingt wirklich nach der *neuen* Ava.«

So ist es.

Ich bin über Dean hinweg. Sogar schon länger. Dafür hat er mit seiner unmöglichen Art selbst gesorgt.

Und dabei wird es auch bleiben.

Ganz egal, was er mir zu sagen hat.

Jedenfalls habe ich ihm einiges zu sagen. Nicht, weil ich das jetzt noch bräuchte – und dazu mag Tyler beigetragen haben –, sondern damit Dean hoffentlich endlich kapiert, wie respektlos er mit mir umgegangen ist.

Um das zu tun, muss ich Tyler für heute Abend absagen.

Aber ich glaube, das ist die richtige Entscheidung.

***

Die richtige Entscheidung.

Hoffentlich habe ich mich auch nicht geirrt. Ein bisschen fühlt es sich leider durchaus nach einem Irrtum an. Immerhin sitze ich jetzt nicht

Tyler gegenüber und darf ihm verliebt in die Augen sehen, sondern habe meinen Ex vor mir. Zugegeben, ich könnte mir einen schöneren Zeitvertreib vorstellen.

Aber ich will der Sache eine Chance geben.

Deswegen habe ich mich mit Dean in diesem chinesischen Imbiss verabredet. Nichts Romantisches oder Feines. Und kein Ort, mit dem ich etwas verbinde. Eine neutrale Location in der Öffentlichkeit, umgeben von Menschen, weit von seiner und meiner Wohnung entfernt.

»Du siehst schön aus«, lauten seine ersten Worte an mich, nachdem wir am wackeligen, kleinen Tisch Platz genommen haben und auf die zwei Gerichte warten, die wir an der Theke bestellt und bezahlt haben.

»Ich sehe aus wie immer«, sage ich matt.

Er zieht einen Mundwinkel hoch und macht dabei traurige Augen. »Ich weiß, ich habe es nur verdient, wenn du mir abweisend begegnest.«

»Nein, Dean. Ich will gar nicht abweisend zu dir sein. Mein Problem ist, dass ich nicht verstehe, warum du mich treffen wolltest.« *Auf einmal.*

Seufzend kratzt er sich am Hinterkopf. »Die Wahrheit ist, dass ich dich in den vergangenen Wochen wahnsinnig vermisst habe.«

»Ach so?«

»Ja, Ava. Und, weißt du, das kann ich einfach nicht länger ignorieren. Wir haben zwar Schluss gemacht, aber …«

»Nein«, muss ich klarstellen. »*Du* hast Schluss gemacht. Und zwar auf unschönste Art und Weise.

Dabei hättest du dich wenigstens behutsamer von mir trennen können, wenn du es schon unbedingt durchziehen musstest, anstatt uns noch eine Chance zu geben. Voller Wertschätzung und Respekt. Aber das war anscheinend schon zu viel verlangt.«

Er muss schlucken.

»Und wenn du mich angeblich so vermisst hast, warum habe ich dann nie etwas von dir zu hören bekommen?«

Ein Kopfschütteln. Ein Schulterzucken. »Ich wollte dir den Freiraum geben, den du brauchst.«

Ich schnaufe. »Unglaublich, dass du dich jetzt wieder als Helden darstellst.«

»So meinte ich das doch gar nicht«, behauptet er.

»Und wie kommst du dann darauf, mir Freiraum zu geben, obwohl ich dich gebeten habe, die Trennung zu überdenken und mit mir darüber zu sprechen?«

Dean öffnet den Mund, doch es wollen keine Worte aus ihm herauskommen.

»Auch auf meine Anrufe und Nachrichten hast du nicht geantwortet. Nicht einmal nach ein paar Tagen. Und dein Desinteresse gestern, als du deine Sachen wiederhaben wolltest, kam ebenfalls sehr überzeugend rüber. *Schmerzlich vermissen* sieht definitiv anders aus.« *Und welche Frau wünscht sich bitte einen Mann, der nicht um sie kämpft, sondern sich bequem zurücklehnt?*

»Baby, lass uns doch nicht in der Vergangenheit leben.« Er will meine Hand ergreifen.

Geistesgegenwärtig ziehe ich sie weg. »Was sagte ich, wie du mich nicht mehr nennen sollst?«

Entgeistert starrt er mich an. »Ava ... ich liebe dich! Okay? Jetzt habe ich es gesagt. Ich liebe dich und ich will dich zurück.« Er lächelt. »Ich will *uns* zurück. Wünschst du dir das denn nicht auch? Denk doch nur an alles, was wir zusammen erlebt und durchgemacht haben. An unsere erste Begegnung. Einfach alles, was in den letzten knapp eineinhalb Jahren war, vom Kennenlerntag an. Bitte. Lass es uns noch einmal versuchen.«

Es versuchen.

Aus Liebe.

So ein Quatsch.

Denn natürlich erinnere ich mich nur zu gut daran, was *ich* seinetwegen durchmachen durfte.

»Tut mir leid, Dean, aber meine Gefühle haben sich in der Zwischenzeit verändert. Und ich ...«

»Aber ich will dich zurückhaben, Ava!«

Böse blicke ich ihn an. »Das hat doch nichts mit Liebe zu tun! Was du für mich empfindest, ist Futterneid, wenn du so willst. Ein anderes Alphatier hat sich den Knochen geholt. Deswegen willst du ihn plötzlich wiederhaben.« Ich seufze. »Es missfällt mir zwar, mich selbst als Knochen darzustellen, aber du verstehst hoffentlich, worauf ich hinauswill. Kaum gehe ich mit einem anderen Mann aus und du bekommst es mit, willst du mich zurück. Ganz plötzlich und aus heiterem Himmel. Hältst du mich für blöd? Natürlich erkenne ich den zeitlichen Zusammenhang. Du hast mich mit Tyler gesehen, und da wurde dein Jagdinstinkt geweckt.«

»Tyler«, knurrt er abfällig.

»Er kann nichts dafür, dass die Dinge nun sind, wie sie sind«, sage ich in eindringlichem Ton. »Das war deine Entscheidung, Dean. Deine. Und es geht doch hier um Neid, oder etwa nicht?«

Sein Schweigen deute ich als Zustimmung.

Ja.

Das dachte ich mir schon.

Oh, Dean ...

Was ist nur aus uns geworden?

Aus dir?

Das wäre jetzt so ein Moment, der mein Weltbild erschüttern und mich ernsthaft an der wahren Liebe zweifeln lassen könnte.

Doch Tyler hält mich davon ab.

Wie er mich letzte Nacht angesehen hat ...

Damit hat er mir mehr gegeben, als ihm bewusst sein könnte.

Was allerdings Dean angeht, so ist das hier das reinste Trauerspiel.

Noch immer scheint ihm nicht klar geworden zu sein, auf welch fürchterliche Weise er sich von mir getrennt hat. Warum? Weshalb so plötzlich? Ich würde es so gerne verstehen!

»Jetzt starrst du wieder vor dich hin«, sagt er. »Dabei sollte es dir eigentlich schmeicheln, dass ich eifersüchtig bin. Zeigt dir das denn nicht, wie wichtig du mir bist?«

»Nein«, entgegne ich entschlossen. »Wie wichtig ich jemandem bin, beurteile ich danach, wie derjenige mich behandelt. Und leider muss ich nach wie vor sagen: Ich sehe nicht, dass ich dir wichtig wäre.«

Der asiatische Kellner bringt uns das Essen und stellt es auf dem Tisch ab. Mit chinesischem Akzent wünscht er uns einen guten Appetit.

Dean jedoch schüttelt den Kopf und erhebt sich. »Vergiss es. Ich habe es versucht.«

Ja. Wow. Und wie du das hast, Dean.

Meine Lippen zittern leicht, als ich bedrückt zu ihm hochsehe. »Sag, hast du mich jemals geliebt?«

Er dreht den Kopf weg und hält inne. Schließlich sieht er mir wieder in die Augen, doch noch nie scheint ihm das so schwergefallen zu sein wie jetzt.

Da wird es mir klar und ich schlage die Hand vor den Mund. »Ich glaube es nicht! Dein Jagdinstinkt hat uns überhaupt erst zusammengebracht!«

Dean schnappt sich die Jacke vom Stuhl und streift sie sich über.

»Ist es nicht so?«, frage ich und stehe nun ebenfalls auf. »Dich hat die Herausforderung gereizt, eine Frau dazu zu bewegen, für dich durchs ganze Land zu ziehen!«

»Ich muss los«, murmelt er und lässt mich auch schon stehen, begibt sich zum Ausgang.

»Antworte mir!«, rufe ich ihm nach.

Da bremst Dean ab und wendet sich wieder mir zu. »Es war eine Wette.«

W-Was?

»Mit Freunden.«

Erschrocken erwidere ich seinen Blick. »Eine … Wette …«

»Kurz bevor wir uns auf der Party kennengelernt haben, habe ich mit ein paar Kumpels darum gewettet, wer eine Frau mit der weitesten Distanz dazu bringt, ihr altes Leben aufzugeben.«

»Lass mich raten. Dein Kumpel Jim hat auch mitgemacht.«

»Woher weißt du das?«, fragt er.

Ich stoße Luft aus. »Jim ist in seiner Freizeit Hacker. Das heißt, er sucht sich seinen Nervenkitzel darin, Gesetze zu brechen und Menschen bloßzustellen, sie zu erpressen. Dass ausgerechnet er bei einer solch geschmacklosen Wette mitmacht, darf mich also nicht wundern.«

»Umso mehr hat es mich gereizt, ihn zu schlagen«, gibt Dean von sich, ohne mit der Wimper zu zucken.

Unfassbar!

Fest presse ich die Lippen aufeinander. »Und du hast ihn übertrumpft«, zische ich wütend.

»Mit Abstand.« Anschließend besitzt er auch noch die Frechheit, stolz zu grinsen. »Keine Frau ist mit einer größeren Distanz umgezogen als du, Baby.«

Gott!

Was für ein Arsch!

Nicht nur Jim, sondern vor allem Dean, mein Ex.

Ich kann kaum glauben, was ich mir hier anhören muss!

Alles, was sich zwischen uns abgespielt hat, war bloß Teil eines dämlichen Spiels!

Natürlich erklärt das, warum er so schnell und eiskalt mit mir Schluss machen konnte. Mein Umzug war durch. Und somit auch diese fürchterliche Wette.

Aber ...

Wie konnte er mir das antun?

Glücklicherweise gefällt es mir hier in Chicago, auch wenn man Tyler mal ausklammert. Doch dass Dean derart mit meinen Gefühlen spielen konnte, will sich mir beim besten Willen nicht erschließen.

»Das ist eine echt miese Nummer von dir gewesen!«, sage ich.

»Ja, ich weiß«, gibt er zu. *Was nicht automatisch bedeutet, dass es ihm leidtut.*

»Und heute?«, will ich wissen. »Warum wolltest du mich dann heute wiedersehen?«

Leicht neigt er den Kopf.

Ich verstehe. »Nachdem du mich mit Tyler gesehen hast, hat es prompt eine neue Challenge in deinem Kopf gegeben. Schafft der großartige Dean Smith es, sein letztes Opfer erneut für sich zu gewinnen, obwohl diese Frau sich bereits auf einen anderen attraktiven und wohlhabenden Mann einzulassen scheint?« Fassungslos schüttle ich den Kopf. »Mit wie vielen nichtsahnenden Frauen hast du so etwas in der Art noch abgezogen? Und wie viele Bettgeschichten hattest du parallel zu unserer Beziehung?«

Eigentlich will ich die Antwort auf diese Fragen gar nicht wissen, und doch ist es mir ein Bedürfnis, ihm zu zeigen, wie unmöglich ich das von ihm finde!

Mir selbst zuliebe.

Es tut gut, es auszusprechen.

Wenigstens ein bisschen.

Dean hingegen scheint noch immer nicht zu kapieren, was für ein Unmensch er ist!

»Das darf dich nicht überraschen«, ist alles, was er dazu sagt. »So ticken wir Männer. Ständig bereit für Herausforderungen.«

»Nein«, erwidere ich erbost. »Tyler ist nicht so. Auf keinen Fall.«

»Ach nein? Das Leben eines mächtigen und reichen CEO ist also nicht von Wettkämpfen, Konkurrenzdenken, hochgesteckten Zielen, Skrupellosigkeit und schauspielerischer Höchstleistung geprägt? Wer's glaubt, Ava! Natürlich geht es auch Tyler Ward darum, wie viele Herausforderungen er im Laufe seines Lebens meistern kann, welche Anerkennung er dafür erntet und was insbesondere andere Alphatiere von ihm denken!«

Meine Augen werden größer. »Alle Achtung, Dean. Du hast Tylers Nachnamen herausgefunden, dabei hat dir sicher Jim geholfen. Und dann hast du Tyler Ward gegoogelt.«

»Das habe ich tatsächlich«, erwidert er. »Und als ich den Firmennamen *Guard Electronics* gelesen habe, ist die Erinnerung zu mir zurück gekommen. Ist das nicht das Unternehmen, für das du nun arbeitest?«

Okay. Dean weiß es inzwischen. Er hat herausbekommen, dass Tyler mein Chef ist.

Er fletscht die Zähne. »Nicht zu fassen! Du machst mir Vorwürfe, dabei turtelst du mit deinem neuen Boss herum und willst dich hochschlafen! Nur deswegen kannst du mir jetzt widerstehen.«

»So ein Unsinn! Dass Tyler mein Boss ist, macht alles komplizierter, auch meinen Job. Das ist ganz sicher nicht der Grund dafür, dass ich mich mit ihm treffe und dir – wie sagtest du gerade? – widerstehen kann.«

Dean schüttelt den Kopf.

»Aber das ist doch gar nicht der Punkt!«, fahre ich fort. »Wieso googelst du ihn überhaupt, wenn ich dir doch egal bin? Du interessierst dich nach wie vor nicht für mich als Frau und als Mensch, das würde selbst ein Blinder erkennen. Dir muss es echt ernst sein mit deinen bescheuerten Wetten, und das ist einfach nur erbärmlich!«

»Werd' erwachsen, Baby«, mault Dean. »So ticken wir Männer eben. Außerdem habe ich dich zu nichts gezwungen. Ist doch so!«

Wütend schnaufe ich. Dann setze ich mich in Bewegung und stürme auf ihn zu. *Gezwungen hast du mich nicht, das stimmt, aber du hast mich getäuscht. Immer wieder, und zwar eiskalt. Und wofür? Für ein bisschen Prahlerei vor deinen sogenannten Freunden.* »Hierzu zwingst du mich aber!« Kaum habe ich diese Worte ausgesprochen, verpasse ich ihm eine gehörige Backpfeife.

Schmerzerfüllt ächzt er, taumelt zurück und hält sich die Wange.

Ohne weiter abzuwarten, welchen verstörten Blick er mir zusenden will, verlasse ich den Imbiss und stürme nach draußen.

11. KAPITEL

AVA

Kurze Zeit später sitze ich im nächstgelegenen Park auf einer Bank und heule mir in der Abenddämmerung den Frust von der Seele.

Was andere über mich denken, wenn ich das mache?

Das ist mir egal.

Die Fassung bewahren und nach außen ein perfektes Bild abgeben?

So etwas habe ich nicht nötig, wenn meine Welt nun mal nicht perfekt ist.

Riskieren, dass jemand, den ich kenne, mich so sieht?

Ist! Mir! Egal!

Die neue Ava lässt ihren Gefühlen auch mal freien Lauf. Im Moment tut mir das unfassbar gut.

Was zählt es da schon, wie ich damit rüberkomme? Wer mich wirklich kennt und schätzt, wird es verkraften. Und wer anders denkt, kann mir gestohlen bleiben.

Anerkennung. Perfektion. Macht. Kontrolle.

Das zählt doch alles nichts!

Ehrlich.

Wer solche Banalitäten an oberste Stelle stellt, tut mir einfach nur leid.

Dean hat unrecht. Mit allem, was er von sich gegeben hat.

Tyler ist nicht so. Er ist nicht so oberflächlich, ichbezogen und herzlos wie Dean. Nicht so abhängig davon, sich und anderen irgendetwas zu beweisen.

Aber Dean schon.

Einfach nur lächerlich.

Wären meine Gefühle für ihn nicht vorher schon abgeklungen, dann hätte ich sie spätestens heute nach dieser furchtbaren Unterhaltung mit ihm über Bord geworfen.

Warum weine ich dann?

Ganz einfach: Weil es trotzdem noch mal eine vollkommen andere Hausnummer ist, zu erfahren, dass man Teil einer dämlichen Wette gewesen ist. Einer unfassbar aufwändigen Wette. Einem bescheuerten Spiel, das die Träume anderer Menschen mit Füßen tritt. *Und erwähnte ich schon mir selbst gegenüber, dass sie absolut dämlich ist?*

Dean hat mich also nicht nur plötzlich fallen lassen, sondern die letzten eineinhalb Jahre sind eine einzige Lüge gewesen! Um vor seinen Kumpels anzugeben. Und vor sich selbst.

Nicht zu fassen.

Männer können so grausam sein.

So täuschend.

So dumm.

Und genau das ist mein Problem. Mein Verhältnis zu Männern und zu mir selbst.

Denn in diesem Augenblick, da sitze ich in der Dämmerung auf einer Parkbank, allein und heulend, und muss mich zwei Dinge fragen.

Erstens: Bin ich die Dumme, weil ich Deans krankes Spiel mit mir so weit habe treiben lassen?

Und zweitens: Kann ich jemals wieder zulassen, einem Mann zu vertrauen?

Tyler ist nicht wie Dean, hallt es abermals durch meinen Kopf.

Was genau bedeutet das eigentlich?

Auch Tyler setzt alles daran, die Kontrolle zu bewahren. Sein Image. Seine Karriere.

All das.

Deswegen wollte er auch nicht, dass heute irgendjemand in der Firma davon Wind bekommt, was zwischen uns läuft.

Inwiefern ist er dann wirklich anders, geschweige denn besser?

Sein Ego mag es nicht nötig haben, Frauen für eine Wette zu verarschen.

Aber reicht mir das?

Was genau läuft denn jetzt eigentlich zwischen uns?

Dürften wir jemals offiziell zusammen sein?

Hilfe, ich weiß es nicht, und das fühlt sich furchtbar an!

Genau!

Ich weine nicht um Dean.

Sondern ich fühle mich verloren und habe keinen Schimmer, wie es mit Tyler und mir weitergehen soll!

Tränen kullern mir über die Wangen, mein Wimmern wird lauter. Ich beuge mich nach vorne, vergrabe das Gesicht in meinen Händen ... und heule.

Wieder meldet sich mein Handy. *Ist es Tyler?,* denke ich mir sogleich. Seit ich ihm geschrieben habe, dass wir uns heute Abend nicht sehen können, ohne dass ich ihm den Grund vernünftig erklären konnte, hat er bereits mehrmals nachgefragt, was los ist.

Ich sehe nach. Tatsächlich habe ich eine neue WhatsApp-Nachricht von Tyler Ward.

Ava.

Mehr steht da nicht. Einfach nur mein Name.

Aber alles andere hat er bereits vorher geschrieben:

Ist alles in Ordnung?

Darf ich fragen, was los ist?

Sehen wir uns dann morgen Abend?

Und was machst du am Wochenende? Würde dich gerne sehen.

Ich hoffe, ich habe nichts falsch gemacht.

Melde dich bitte.

Zugegeben, es fühlt sich schön an, vermisst zu werden. Wahrhaftig schmerzlich vermisst. Sofern ich mir das nicht nur einrede. Aber dass ich noch nicht mit ihm über all das, was mich beschäftigt, gesprochen habe, war keine Absicht. Bisher bin ich bloß zu aufgewühlt gewesen, um ihm zu antworten. Direkt nach der Arbeit habe ich mich in einem anderen Stadtteil mit Dean getroffen, und nun sitze ich hier in diesem Park, in dem ich noch nie zuvor gewesen bin, wie ein kleines Häufchen Elend. Ähnlich wie vor einigen Wochen in der U-Bahn. Das ist Deans Schuld, nicht Tylers.

Schon allein diese Erkenntnis bewegt mich dazu, Tyler endlich zu antworten. Also fange ich zu tippen an.

Hey, tut mir leid, ich bin …

Ein Anruf!

Von Tyler.

Instinktiv nehme ich ihn an. »Hey, ich wollte dir gerade schreiben.«

»Das habe ich gesehen.«

Gott … es ist so toll, seine tiefe, klare Stimme zu hören …

»Dass ich online bin und dir tippe, oder?«, frage ich.

»Sorry, aber als mir angezeigt wurde, dass du endlich wieder online bist, konnte ich mich nicht mehr zurückhalten und musste dich einfach direkt anrufen. Tippen würde mir jetzt zu lange dauern.«

»Tyler«, murmle ich gerührt seinen Namen.

Ich höre ihn über sich selbst seufzen – und das klingt einfach nur heiß. »Es ist, wie es ist. Aber ich muss sofort wissen, ob alles in Ordnung ist. Mit dir, mit uns. Vorher finde ich keine Ruhe. Und wenn du dadurch jetzt denkst, dass ich ein Stalker bin, dann ist das halt so.«

Wow, die Fassung zu bewahren, hört sich anders an.

Er gibt die Kontrolle ab. Seine Perfektion. Den kühlen Kopf.

Mir zuliebe.

»Also, natürlich bin ich kein Stalker«, spricht er weiter, als ich still bleibe. »Na ja, nur jetzt bei dir. Aber nicht im kranken Sinne, wenn du verstehst. Eher im … nicht-kranken Sinne.«

In mein Gesicht zaubert sich ein Lächeln.

»Verdammt, Ava, jetzt sag doch bitte etwas!«

Glücklich muss ich lachen.

Daraufhin klingt er, als wenn er sich nicht entscheiden könne, ob er ebenfalls erleichtert lachen oder sich erst recht Sorgen machen soll. »Amüsiere ich dich?«

»Ja! Also, nein.«

Er stößt Luft aus, und schon das verpasst mir ein Kribbeln. »Ich rede mich hier um Kopf und Kragen, und du lachst einfach nur.«

»Gerade deswegen«, gebe ich mit einem breiten Grinsen von mir.

Nun sendet auch er mir ein erstes, zurückhaltendes Lachen zu. »Okay?«

»Entschuldige«, sage ich. »Aber ich hatte einen blöden Abend, und jetzt zu hören, wie viel ich dir bedeute, tut unglaublich gut.«

»Fürs Protokoll: Du bedeutest mir verdammt viel. Falls dir das noch nicht klar war.« Ein süßes Schnaufen. »Also echt …«

»Tyler.«

»Ja?«

»Wo bist du gerade?«

»In deiner Nähe.«

Erschrocken sehe ich mich um. »Stalkst du mich etwa wirklich?«

»Natürlich nicht. Aber ich gehe einfach mal davon aus, dass du ebenfalls in Chicago bist. Und falls nicht, dann ist es auch egal. Wenn du mir jetzt sagst, dass du mich sehen möchtest, dann werde ich das möglich machen. Deswegen lautet meine Antwort: Ich bin in deiner Nähe.«

Wow. Hat jemals ein Mann etwas Schöneres zu mir gesagt?

Ein vorfreudiges Lächeln umspielt meine Lippen. »Ich würde dich tatsächlich gerne sehen. Genauer gesagt möchte ich, dass du mir zeigst, wo du wohnst und wie du lebst.«

»Ich befinde mich schon auf dem Weg zum Wagen. Schick mir deinen Standort. Ich hole dich ab.« Schon legt er auf.

Du meine Güte ...

Ist es hier im Park gerade schlagartig heißer geworden?

***

Die Luft um uns herum knistert förmlich, als wir uns an diesem Abend zum ersten Mal wiedertreffen und in die Augen sehen. Ich stehe am Eingang zum Park auf dem Bürgersteig, als Tylers SUV vorfährt und direkt vor mir zum Stehen kommt. Das verdunkelte Fenster auf der Beifahrerseite schiebt sich nach unten. Als ich

Tyler zu Gesicht bekomme und der klare Blick seiner blauen Augen in meine Seele dringen, erschaudere ich leicht.

»Mylady, Ihr Taxi. Steigen Sie besser sofort ein. Man weiß nie, an welcher Ecke verrückte Stalker lauern.«

Ich lache und begebe mich zur Beifahrertür, um sie zu öffnen. Mit einem Lächeln, das mal wieder er verursacht hat, steige ich ein und mache die Tür wieder zu. Automatisch wende ich mich dem Gurt zu und will mich anschnallen, da packt Tyler mich am Gesicht und zieht mich zu sich, um mich leidenschaftlich zu küssen. Ich schließe die Augen und genieße den Kuss ebenso sehr wie er.

»Mmh«, mache ich, als er mich seine sinnlichen Lippen schmecken lässt.

»Wo hast du gesteckt?«, raunt er, ohne Vorwurf in seiner Stimme, und doch voller Sehnsucht.

Benebelt vor Lust strahle ich ihn an.

Leicht neigt er den Kopf und sieht sich um. »In dem Park?«

»Du bist ganz schön neugierig«, stelle ich vergnügt fest.

»Und du nach wie vor amüsiert darüber, kann das sein? Falls du mir heute Abend abgesagt hast, um mich in den Wahnsinn zu treiben, dann darf ich dir gratulieren. Es hat wunderbar funktioniert.«

»Nein«, sage ich und schnalle mich an. »Wie gesagt: Spielchen zu treiben, ist nicht meine Art.«

Einen Moment lang sehen wir uns einfach nur an.

Möchtest du lieber nicht darüber sprechen, was heute Abend passiert ist?, könnte in seinem perfekt gezeichneten Gesicht geschrieben stehen.

Ich bin mir nicht sicher.

»Du bist wunderschön, Ava«, raunt er und legt Daumen und Zeigefinger an mein Kinn. »Und du hast mir wahnsinnig gefehlt.«

O ... kay ...

Wenn er so etwas zu mir sagt, hat es eine vollkommen andere Wirkung auf mich, als wenn Dean eine solche Behauptung aufstellt.

Tyler meint es ernst, richtig?

Nur zu gerne will ich es glauben.

Also senke ich verlegen den Kopf und grinse. »Tyler ...«

»Hm?«

Ich hebe den Blick zurück in seinen. »Wann bekomme ich endlich die Tour durch dein Zuhause, die du mir versprochen hast?«

Lachend lässt er von mir ab, schüttelt amüsiert den Kopf über mich und startet den Motor. »Zu Befehl, Mylady.«

***

Uns beiden dürfte sofort klargewesen sein, dass ich herzlich wenig daran interessiert bin, mich durch seine vier Wände führen zu lassen. Jedenfalls, was den heutigen Abend betrifft. Natürlich möchte ich gerne sehen, wie Mr. Tyler Ward lebt, aber nicht jetzt. Und so stürmisch, wie wir uns nun küssen, während er die Tür aufstößt und mich in sein Penthouse zieht, weiß er das. Auch Tyler hat längst die Beherrschung verloren und kennt nur noch die Lust. Das ist genau das, was ich brauche und wonach ich mich sehne, und zwar von keinem anderen Mann als von ihm.

Küssend packt er mich, dann trägt er mich auf Händen den Flur entlang. Erst als wir in seinem geräumigen und modernen Schlafzimmer ankommen, stellt er mich wieder auf die Füße. Ich sehe zu ihm, der um einiges größer ist als ich, hoch und beiße mir leicht in die Unterlippe. Tylers erregtes Keuchen macht mich heiß und lässt mich meine letzten Hemmungen über Bord werfen.

»Mach es dir bequem«, weise ich ihn mit einem sinnlichen Lächeln an, während ich meine Hüften etwas hin und her wiege.

Als ihm klar wird, was ich vorhabe, verrät mir sein Blick, dass er damit zwar nicht gerechnet hat, er aber umso mehr Gefallen daran findet.

Keine Ahnung, inwiefern ich jetzt eigentlich die alte oder die neue Ava bin. Ich fühle mich einfach nur gut! Glücklich. Berauscht. Voller Leidenschaft und der Sehnsucht nach mehr. Dafür habe ich selbst gesorgt. Aber zu einem guten Teil habe ich das auch diesem einen Mann zu verdanken.

Tyler legt sein Jackett ab und löst die Krawatte etwas. Im nächsten Moment setzt er sich auf die Bettkante und stützt sich mit den Armen ab. Erwartungsvoll sieht er mir entgegen.

Ich lecke mir mit der Zungenspitze über die Lippen und öffne die ersten zwei Knöpfe meiner Bluse. Was das bewirkt, kann ich unmittelbar in

Tylers Hose sehen. Ein weiterer Knopf geht auf, dann noch einer. Bei jedem einzelnen lasse ich mir Zeit und knöpfe die Bluse weiter auseinander. Längst kann er meine Brüste sehen, nun entblöße ich auch den Bauch vor ihm. Als auch der letzte Knopf seinen Dienst für heute getan hat, schiebe ich die Bluse ganz auseinander, streife sie mir von den Armen und lasse sie zu Boden gleiten.

Tyler zieht Luft durch seine Zähne. *Ihm gefällt, was er sieht.* Und das wiederum heizt mich weiter an.

Ich beuge mich vor, was zweifellos meine Brüste zur Geltung bringt, und hebe die Bluse auf. Als ich mich zum Bett begebe, achte ich auf einen lasziven Hüftschwung. Mit gemächlichen, eleganten Bewegungen lehne ich mich zu Tyler herunter und bin ihm plötzlich ganz nah. Sein Blick verschlingt mich, die Ungeduld steht ihm ins Gesicht geschrieben. Doch ich beschließe, ihn noch etwas weiter zu quälen, und deute bloß an, ihn jetzt zu küssen. Stattdessen lege ich meine Bluse auf seinem Jackett ab und richte den Oberkörper wieder auf.

Darüber, dass ich ihn zappeln lasse, schüttelt er langsam den Kopf, doch er tut es mit einem Schmunzeln, das mich wissen lässt, wie sehr er die Show genießt.

Das tun wir beide. Ich will das hier genauso sehr wie er. Tyler lässt mein Herz höherschlagen, stets behandelt er mich wie eine Königin. Ich vertraue ihm, fühle mich von ihm begehrt, bin verrückt nach ihm, liebe seine Nähe. Da fällt es mir erstaunlich leicht, vor einem dermaßen perfekt gebauten Mann einen kleinen Striptease hinzulegen.

Als Nächstes widme ich mich dem Rock. Stück für Stück ziehe ich den Reißverschluss nach unten. Mehrmals presse ich die Oberschenkel zusammen und gehe kreisend ein kleines Stück in die Hocke, während ich das tue. Dass ich zwischendurch selbstbewusst meine Brüste zusammendrücke, lässt Tyler schlucken.

Einen Augenblick später rutscht der Rock an meinen Beinen hinab zu Boden. Ich steige aus dem dunklen, feinen Stoff, hebe ihn elegant mit den Zehen auf und schleudere ihn weg.

Als ich mich des BHs entledige, betrachte ich frei von Scham meine Brüste. Auch den Slip verliere ich nicht, ohne mir zuvor über die Oberschenkel und den Hintern gestreichelt zu haben.

Nur noch in meinen High Heels gehe ich auf Tyler zu, trete zwischen seine Beine. Ich lege die Hand an seinen Nacken, streichle über seinen blonden Haaransatz und sehe lächelnd zu ihm hinab.

»Wow«, raunt er und zieht einen Mundwinkel hoch, was nichts als heiß aussieht. »Du bist unglaublich.« Bewundernd schaut er zu mir auf.

Glücklich lache ich und lasse das gerne so im Raum stehen.

Dann fängt er an meinen Bauch zu küssen. Tylers starke Hände fahren an den Seiten meines Körpers entlang. Als er schließlich meine Brüste so knetet, wie ich es ihm vorgemacht habe, allerdings deutlich fester zupackt, werfe ich den Kopf in den Nacken und entlasse seinen lusterfüllten Seufzer.

»Du hast zu viel an«, erinnere ich ihn einen Moment später.

Damit sich das ändert, trete ich einen Schritt zurück. Nur zu gerne beobachte ich, wie er sich von der Kleidung befreit und mir dabei in die Augen sieht. Meine Güte, der heiße Anblick seines nackten, muskulösen Körpers ist ein absoluter Traum!

»Hast du weitere Wünsche?«, haucht er mir ins Ohr. Küssend und mit kleinen Bissen arbeitet er sich meinen Hals entlang, während seine Hände zärtlich, aber auch mit Druck über meinen Rücken streicheln. Ein wundervoller Schauer nimmt mich ein und verschlägt mir für einen kurzen Augenblick die Sprache.

»Ich will dich reiten«, flüstere ich vorfreudig, ehe mich die amourösen Attacken seiner Zunge an meinem Ohrläppchen gänzlich um den Verstand bringen.

Tyler nimmt den Kopf zurück und schaut mir tief in die Augen. Feuer lodert in seinem Blick. Das Feuer der ungehemmten Begierde. Ein Feuer, das ich entfacht habe.

Ohne ein Wort zu verlieren, legt er sich aufs Bett. Als er eine Hand nach mir ausstreckt, folge ich ihm. Breitbeinig setze ich mich auf ihn, räkele mich leicht und genieße seine prompte Reaktion. Tyler muss vor Erregung keuchen, er packt mich an den Hüften, voller Verlangen schaut er auf meine kreisende Taille und auf meinen Schritt, der an seinem reibt. Ich spüre seine Härte und erwische mich dabei, dass auch meine Atmung schwerer wird.

Meine Fingerspitzen fahren über Tylers Brust, umkreisen die Brustwarzen, ertasten die ausgeprägten Bauchmuskeln. Derweil erkunden seine Hände meine Oberschenkel. Ich ergreife sie und lege sie an meine Brüste, fordere, dass er sie knetet und sich meinen Nippeln widmet.

Tyler zwirbelt sie zwischen Daumen und Zeigefinger. Ein köstlicher Schmerz durchzieht sie und lässt sie hart werden. Ich stöhne und fange an, mich stärker auf Tyler zu bewegen. Es dauert nicht lange, dann spüre ich seine Erektion deutlich an meiner empfindlichsten Stelle.

Ich halte es kaum noch aus! Ich will seine harte Männlichkeit in mir spüren, will mich von ihm weiten lassen, ihn in himmlische Sphären reiten.

Mit den Händen stütze ich mich auf seiner stählernen Brust ab, hebe den Hintern und senke mich gemächlich wieder ab. Tylers bestes Stück gleitet in mich hinein. Endlich! Endlich verschmelzen wir wieder miteinander. Das ist ein wundervolles Gefühl der Erlösung und der Lust, das mich zum Keuchen bringt.

Unsere Blicke verkeilen sich ineinander, als ich mich rhythmisch auf ihm bewege. Immer wieder schließe ich kurz die Augen und stöhne, um meiner Sehnsucht Raum zu geben. Ich lege meine Hände auf die von Tyler, die noch immer mit Druck meine Hüften umfassen. Schließlich werfe ich den Kopf zurück, reite ihn schneller und vergesse alles um mich herum.

Tyler hält mich in Position, kommt mir mit tiefen Stößen entgegen, heizt mich mit seinen flachen Atemzügen an. Ich spüre seine Muskeln und seine Erregung, es ist unglaublich!

Noch nie war ich mit einem Mann so perfekt aufeinander abgestimmt.

Wann konnte ich mich das letzte Mal dermaßen gehen lassen – und das Tempo bestimmen?

Ich genieße jede Sekunde dieser benebelnden und befreienden Ekstase!

Das Blut rauscht durch meine Adern, mein Herz pumpt es mit voller Kraft vorwärts. Schaukelnd reibe ich mich an Tyler. All diese Empfindungen bauen sich in mir auf, sie bringen mich höher und höher.

Oh Gott, das fühlt sich so gut an!

Tatsächlich stehe ich bereits kurz davor, von einem Erdbeben erschüttert zu werden. Immer schneller bewege ich mich und empfange Tylers Stöße. Ich kralle mich an ihm fest und stöhne rhythmisch.

Dann überkommt mich die Explosion. Krampfartig zieht sich alles in mir zusammen, während das wunderbarste Gefühl der Welt meinen Körper bis in die letzte Faser durchflutet. Schreiend rufe ich Tylers Namen aus, wiederhole ihn mehrmals. Einmal in den Himmel und zurück.

Mit einem heißen Knurren kommt auch er und ergießt sich in mir, packt dabei fester an meinen

Hüften zu. Das ist heißer, als ich zu träumen gewagt hätte!

Verschwitzt kleben wir aneinander und lassen unsere Atmung sowie unseren Puls zur Ruhe kommen. Erschöpft sacke ich auf ihm zusammen. All die Glücksgefühle, die durch mich hindurch strömen, lassen mich regelrecht kichern. Das wiederum entlockt auch ihm ein tiefes, sinnliches Lachen.

Ich hebe den Kopf, um ihm in die Augen zu sehen. Noch atmen wir schwer, lächeln aber dennoch um die Wette, als sich unsere Blicke treffen.

Perfektion.

Dieser Mann, und alles, was er tut, ist die reine Perfektion.

Überglücklich lege ich mich neben den Mann, mit dem ich soeben in absoluter Ekstase verschmolzen bin. Tyler nimmt mich in die Arme und drückt mich fest an sich. Ich schließe die Augen und horche auf unsere Atmung, die sich immer weiter normalisiert.

Nach einer kleinen Weile höre ich nur noch seinen Herzschlag und spüre seine Wärme. Für mich ist dieser Moment der Inbegriff von Glück. Wenn Tyler mich so hält, fühle ich mich nichts als geborgen und begehrt.

Längst braucht es keine Worte mehr. Nach wie vor dringt sein ruhiger, regelmäßiger Puls in meine Ohren. Es dauert nicht lange, und ich schlummere tiefenentspannt ein.

12. KAPITEL

TYLER

Was. Für. Eine. Nacht.

Wie immer holt mich mein Wecker aus dem Schlaf, allerdings lässt sich diesmal sagen, dass er mich förmlich aus dem Tiefschlaf reißt. Wie benommen schalte ich den Alarm aus. Zuerst brauche ich einen Moment, um zu mir zu kommen, doch dann fällt mir auf, wie entspannt und ausgeglichen ich mich fühle. Selten habe ich dermaßen gut und fest geschlafen wie letzte Nacht, und der Grund dafür liegt direkt neben mir. Dementsprechend muss ich lächeln und betrachte die Schönheit, die schlummernd auf dem Rücken liegt, einige Sekunden lang. Mein Handywecker hat Ava nicht aufgeweckt, sie hat sich nur einmal kurz bewegt.

Verrückt. War diese Frau vor einiger Zeit noch der Grund dafür, dass ich aufgewühlt im Bett lag und nicht schlafen konnte, so bewirkt sie inzwischen, dass ich mich in vollkommener Tiefenentspannung erholen und schlummern kann wie ein Baby.

Nur widerwillig lasse ich sie allein im Bett zurück, um aufzustehen und unter die Dusche zu springen.

Als das Wasser auf meinen Körper niederprasselt, muss ich sofort an den vergangenen Abend denken. Klar und deutlich haben sich die Erinnerungen in meinen Kopf gebrannt. Ich sehe Ava vor mir, wie sie sinnlich für mich tanzt, sich keuchend auf mir bewegt, zum Höhepunkt kommt und meinen Namen ruft, wieder und wieder. Ihre Fingernägel krallen sich in meine Brust, meine Hände halten sie an den Hüften gepackt ... verschwitzt sehen wir uns an ...

Kurzerhand beschließe ich, das Wasser von kalt auf eiskalt zu drehen, denn ganz offensichtlich steigt mir meine Lust auf diese Frau zu Kopf.

Beherrschung.

Kontrolle.

Fassung.

Was ist aus meinen Prinzipien geworden?

Ich darf mich nicht gänzlich vergessen.

Sonst verliere ich mein Ziel aus den Augen.

Welche Wirkung Ava auf mich hat, ist erstaunlich. Eigentlich wollte ich es nicht dazu kommen lassen, dass wir die gesamte Nacht zusammen verbringen und am nächsten Morgen vor der Frage stehen, ob wir gemeinsam zur Arbeit gehen. Denn so etwas macht die Sache, nun ja, kompliziert. Unnötig kompliziert, wie ich finde. Ich habe für diese Frau bereits die Ausnahme gemacht, mich überhaupt auf eine Mitarbeiterin meiner eigenen Firma einzulassen. Das Risiko, welches ich dadurch eingehe, ist bereits wahnsinnig hoch. Sämtliche Kollegen, Geschäftspartner, Journalisten und auch Konkurrenten schätzen mich dafür, dass ich Berufliches und Privates strikt zu trennen weiß. Eigentlich. Dass man mich mit der neuen Mitarbeiterin aus der Warenwirtschaft erwischt, ist bereits gefährlich genug. Aber wie konnte es jetzt auch noch dazu kommen, dass ich mit ihr in meinem Schlafzimmer lande und wir Arm in Arm einschlafen?

Ich habe mich hinreißen lassen.

Das darf nicht noch einmal passieren.

Hoffentlich wird es nun zwischen Ava und mir nicht komisch deswegen. Das würde alles kaputtmachen, was ich mir bis hierhin mit ihr aufgebaut habe.

Dementsprechend angespannt bin ich, als ich aus der Dusche steige, mir ein weißes Handtuch um die Leistengegend wickle und durchs Penthouse schreite. Wie ich feststelle, ist auch Ava inzwischen wach geworden und aufgestanden. Im Schlafzimmer ist sie nicht mehr.

Es brutzelt und zischt, als ich die Küche betrete. Ava ist in mein Hemd geschlüpft und hat es sich zugeknöpft, wobei es ihr natürlich zu groß ist und fast schon als Kleid durchgehen könnte. Summend steht sie vor dem Induktionsherd und ist längst damit beschäftigt, Frühstück zu machen.

Als würde sie hier wohnen.

Warum entlockt mir das auch noch ein Schmunzeln?

»Hey«, sage ich, damit sie sich nicht erschreckt. Im nächsten Moment trete ich aber auch schon von hinten an sie heran, lege die Hände zärtlich an ihre Taille und gebe ihr einen Kuss auf die Wange.

Sie lacht und dreht sich zu mir. »Hey, guten Morgen.«

»Wie hast du geschlafen?«

Mir entgeht nicht, dass sie mich von Kopf bis Fuß begutachtet. »Und wie war die Dusche?«

»Entschuldige, das Badezimmer ist jetzt frei.«

Gelassen winkt sie ab. »Das hat Zeit. Falls es dir entgangen ist: Im Moment bin ich beschäftigt.«

»Ja, das sehe ich. Was gibt es denn?«

»Alles, was ich so finden konnte. Gebratene Tomatenscheiben, Spiegelei, French Toast.«

Lachend begebe ich mich zum Kaffeeautomaten. »Wow, sogar French Toast?«

Unter einem Grinsen zuckt sie mit den zarten Achseln, die sich unter meinem Hemd verbergen. »Warum nicht?«

»Gutes Argument.« Ich mache ihr einen Cappuccino und mir einen doppelten Espresso.

»Deine Küche ist echt der Hammer«, kommentiert sie und blickt sich begeistert um. »So groß und hochmoderne Geräte. Zwei Öfen mit Zeituhr. Und sogar eine Eiswürfelmaschine im Kühlschrank.«

»Kochst du gerne?«, frage ich.

»Ab und zu, ja. Ich finde Kochen irgendwie entspannend. Außerdem ist es schön, frische

Zutaten zu genießen, die mit Liebe zubereitet wurden. Für jemand anderen zu kochen, ist in meinen Augen eine wirklich schöne Art, seine Zuneigung für diese andere Person zu zeigen.«

»Verstehe.«

»Und du?«

Ich schüttle den Kopf. »Ehrlich gesagt halten sich meine Erfahrungen am Herd in Grenzen.«

Wieder lacht sie süß. »Und warum hast du dann diese tolle, riesige Küche?«

Meine Augen halten sie fixiert.

Da nickt sie. »Weil du es dir leisten kannst. Und weil regelmäßig jemand vorbeikommt, um für dich zu kochen. Eine sexy Haushälterin wahrscheinlich?«

Na, sieh an. Wird sie eifersüchtig?

»Betty ist eher der Großmutter-Typ«, lasse ich sie wissen und stelle ihr den Cappuccino hin.

Danke, sagt ihr Blick. Ava nimmt die Tasse in die Hand und gönnt sich einen Schluck.

»Ich habe dir doch gesagt, dass ich normalerweise nichts mit einer Mitarbeiterin anfange«, muss ich sie offenbar erinnern, ehe ich den Milchschaum von ihrer Oberlippe lecke. »Das gilt genauso für meine privaten Angestellten.« Ich begebe mich zurück zur Kaffeemaschine und nehme meinen doppelten Espresso heraus, der inzwischen ebenfalls fertig ist.

Und dennoch stehe ich nun in deiner Küche, *mache uns Frühstück und trage dein Hemd von gestern,* steht in ihren grünen Augen geschrieben – falls ich sie richtig deute.

Ja, Ava.

Dennoch bist du jetzt hier.

Ich will mich gerade fragen, ob wir dieses Gesprächsthema hier und jetzt vertiefen sollen, da hört man aus dem Flur ein Handy bimmeln. Mein Klingelton ist es nicht. Ava wird angerufen. Ich erinnere mich – als ich sie gestern Abend ins Penthouse gezogen und mit Küssen überhäuft habe, hat sie ihre Handtasche einfach zu Boden fallen lassen.

»Soll ich es holen?«, biete ich an und will mich schon auf dem Weg machen.

»Nein, lass nur. Es ist noch früh. Aus dem Büro kann es niemand sein, und wenn es wichtig ist, ruft mich derjenige noch mal an.«

»Okay.«

Tatsächlich passiert aber genau das. Kaum ist der Anruf verstummt, klingelt es erneut. Und wieder. Nach dem dritten Mal hagelt es plötzlich Nachrichten. Avas Handy kommt aus dem Vibrieren gar nicht mehr heraus.

»Bestimmt ist das Kate, meine Freundin«, sagt sie und stellt die letzte Herdplatte aus. »Sie macht sich bestimmt Sorgen, weil ich mich gestern gar nicht mehr bei ihr gemeldet habe, als ich …« Sie setzt ab.

»Als du *was?«*, will ich wissen.

Verdutzt sieht sie mich an, gefolgt von einem verunsicherten Lächeln.

Das lässt mich unruhig werden.

»Ja?«, hake ich ungeduldig nach.

Wieder ernte ich lediglich ein verlegenes Lächeln.

Es geht um den gestrigen frühen Abend, ist es nicht so? Um den Grund, für den sie mir zunächst abgesagt hat. Hat dieser Grund auch einen Namen? Seit gestern Mittag schon beschäftigt mich diese Frage, und zwar mehr, als ich wohl zugeben könnte und sollte. Doch nachdem es Ava gestern offensichtlich schwergefallen ist, darüber zu sprechen, habe ich sie nicht drängen wollen. Nun allerdings bringt mich die Ungewissheit fast um.

Ja?, fragen meine Augen sie erneut, und jede Zelle in mir hofft darauf, endlich zu erfahren, was gestern bei ihr los gewesen ist.

Da klingelt ihr Smartphone abermals.

Sie schenkt mir ein warmes Lächeln und setzt sich in Bewegung. »Füllst du uns schon mal auf? Ich schaue doch lieber mal kurz nach, wer das ist.«

»Sicher«, entgegne ich, als sie sich längst von mir abgewendet hat und in meinem Hemd zum Flur tapst, und versuche mir nichts anmerken zu lassen.

Während ich die gebratenen Tomatenscheiben, die Spiegeleier und die French Toasts auf zwei große Teller verteile, spüre ich, wie mich wieder die Anspannung einnimmt. Als ich uns Orangensaft eingieße, bin ich richtig aufgewühlt.

Und warum zum Teufel kommt sie immer noch nicht in die Küche zu mir zurück?

Das halte ich nicht mehr aus.

Scheiß doch auf meinen Vorsatz, stets einen kühlen Kopf zu bewahren!

In meinem strahlend weißen Handtuch schreite ich zum vorderen Teil des Penthouses, um Ava zu fragen, was es Neues gibt.

Wie ein armseliger Stalker.

Da steht sie. Direkt vor der Eingangstür. Und starrt wie gebannt aufs Handy, während sie gedankenversunken an ihrem Fingernagel kaut.

»Was ist los?«, frage ich nervös und geselle mich zu ihr.

Sie braucht einige Sekunden, bis sie den Blick vom Smartphone lösen und zu mir aufschauen kann. »Oh, äh …«

Verflucht! Am liebsten würde ich ihr auf der Stelle das Handy entreißen und selbst nachsehen!

Aber das kann ich nicht bringen.

Wie ist es möglich, dass sie mich derart aus der Fassung bringt?

Ich fühle mich wie ein eifersüchtiger, gefühlstrunkener Trottel.

Das kann ich nicht ändern, so gerne ich es würde.

Doch das ist mein neues Ich an ihrer Seite.

»Ava?«

»Hm?«

Verunsichert lächle ich.

»Tut mir leid, ich … bin nur …«

»Ja?«

Kopfschüttelnd sieht sie an mir vorbei und bekommt an ihrem einen Mundwinkel ein süßes Grübchen. »Dean …«

Meine Atmung wird tiefer. »Dein Ex?«

Verhalten nickt sie.

»Hast du ihn gestern getroffen?« *Anstelle von mir.*

»Ja.« Ein Schulterzucken. »Er wollte unbedingt reden.«

Scheiße. Ich dachte, er hat sie fallen lassen! Als ich ihm begegnet bin, hat er sich jedenfalls wie der letzte Vollidiot aufgeführt. Was will er jetzt noch von ihr? Der Typ soll mir gefälligst nicht dazwischenfunken und meine Pläne mit ihr versauen!

»Und?«, bringe ich mit angespannten Muskeln hervor.

Sie seufzt. »Sagen wir es so: Das hätte ich mir sparen können.«

»Dann ist das zwischen euch nun geklärt?«, spreche ich meine Hoffnung aus. *Ob sie mir ansieht, wie sehr mich die Sache mitnimmt? Und ob sie sich fragt, warum?*

»Na ja ...«, murmelt sie.

Wieder vibriert ihr Handy und ich wage einen Blick aufs Display.

Nicht zu fassen. Wie viele Nachrichten er ihr gerade schreibt! Zweifellos waren die Anrufe auch von ihm.

»Was will er?«, knurre ich.

»Ach, es geht sicherlich immer noch um diese fürchterliche Wette.«

Das gefällt mir nicht. »Welche Wette?«

Besorgt blickt sie mich an.

Rede, Mädchen, rede!

Und dann erzählt sie es mir. Während wir zurück in die Küche gehen und das Frühstück essen, das sie uns zubereitet hat, bevor es ganz kalt wird, klärt sie mich auf. Über ihre Vergangenheit mit diesem Dean. Ihre gemeinsame Zeit. Das Kennenlernen. Den Umzug. Und die Wette.

»Was für ein Arsch«, sage ich und muss ebenfalls den Kopf schütteln. Abfällig stoße ich Luft aus. »Ernsthaft. Was für ein Arsch!«

»Tja, es sind eben nicht alle Männer so edle Ritter wie du, Tyler.« Sie zwinkert und steht auf.

Ich, ein edler Ritter?

Es ist natürlich gut, wenn sie das über mich denkt und mir weiterhin ihr Vertrauen schenkt.

Ava will das Geschirr wegräumen, da signalisiere ich ihr mit einer Handbewegung, dass sie das nicht tun muss. Betty wird sich später darum kümmern.

»Tut mir leid, dass du an einen solchen Idioten geraten bist«, fahre ich fort und erhebe mich ebenfalls vom Stuhl, um zu ihr zu gehen. »Aber ich gebe zu: Ich bin wahnsinnig froh, dass du dadurch hier in Chicago gelandet bist.« Ich lege die Hand an ihre Taille und stehle ihr einen Kuss. »Hier bei mir.«

Verliebt blickt sie mich an. »Das bin ich auch.«

»Dann hast du mit ihm abgeschlossen?«, frage ich und lasse die Augen schmaler werden.

Ava hält meinem Blick stand. »Selbstverständlich. Wer mit mir spielt und mich täuscht, hat meine Liebe nicht für eine Sekunde verdient.«

Ich muss schlucken und brauche eine Sekunde, ehe ich wieder lächeln kann. »So ist es.«

Shit. Auch ich täusche sie. Genau jetzt, in diesem Moment.

Aber davon merkt sie nichts, richtig?

Dann dürfte sich alles auch weiterhin so entwickeln, wie ich es mir erhoffe.

Dean hin oder her.

Außerdem ... Nun habe ich sie hier, in meinen vier Wänden. Das birgt nicht nur Risiken in sich, sondern auch Chancen, nicht wahr?

Erneut vibriert ihr Handy mehrmals und droht schon fast vom Tisch zu springen.

Ava seufzt und entsperrt das Smartphone.

»Gib es mir«, verlange ich.

»Was?«

Da passiert es. Ich entreiße ihr das Ding und starre auf das Chatfenster mit Dean.

Oh Mann.

Wie er um ihre Aufmerksamkeit buhlt und sie anfleht, ihm noch eine Chance zu geben, weil es ihm angeblich leidtut und er sich für sie ändern will.

So ein Unsinn, das ist klar.

Und aus irgendeinem Grund macht er mich wütend!

»Komm her«, befehle ich, packe sie mit der freien Hand und drehe sie etwas.

»Aber ...«

Schon halte ich das Handy auf sie und mache ein Foto von ihr in meinem Hemd.

»Tyler!«, protestiert sie.

Da habe ich keine andere Wahl, als innezuhalten. »Darf ich?«

Fragend blickt sie mich an.

Darf ich es ihm schicken? Jetzt.

»Okay …« Ein Grinsen huscht über ihre vollen Lippen. »Ja, warum eigentlich nicht? Alles andere scheint ihm ja nicht klarzumachen, dass er mich in Ruhe lassen soll.«

Mit einem Schmunzeln schicke ich das Foto an den Mistkerl raus.

Du hast verloren, schreibe ich darunter.

Und verspüre Genugtuung.

Anschließend gebe ich Ava das Handy zurück.

Sie liest die Nachricht, dann sieht sie mich wieder an. »Er hat also verloren? Gegen dich? Die Wette, oder wie darf ich das verstehen.«

»Nein, Ava. Er hat dich verloren. Dein Herz und deine Liebe. Unwiderruflich. Weil er dich nicht verdient.«

Ihre grünen, runden Augen funkeln mich an. Ein Lächeln deutet sich an. Sie kommt auf mich zu und gibt mir einen Kuss auf den Mund. Dann blockiert sie Deans Nummer und löscht den Chat mit ihm – dabei lässt sie mich zusehen.

»Damit hat es sich nun, in Ordnung?«

»Fast«, sage ich.

»Wieso?«

»Na ja …« Kaum merklich fahre ich mit der Zunge über meine Unterlippe. »Kann ich das Foto auch haben?«

Sie lacht. »Na gut. Warte.« Schon schickt sie es auch an meine Nummer.

Perfekt.

Einfach. Nur. Perfekt.

Ich sage ja: Dass sie hier bei mir zu Hause ist und ein gebrauchtes Hemd von mir trägt, ansonsten nichts, mit verwuschelten Haaren, bringt auch Chancen mit sich.

»Darf ich jetzt duschen gehen, Mr. Ward?«

Leicht verneige ich mich. »Sie dürfen tun, wonach auch immer es Ihnen beliebt, Mylady. Solange Sie dafür hin und wieder mit süßen Fotos bezahlen, die nur noch ich sehen darf.« Nun bin ich wieder derjenige, der sie meine Lippen schmecken lässt. »Du solltest im Spiegelschrank alles finden, was du brauchst.«

Mit einem süßen Lachen lässt sie mich zurück und verschwindet ins Badezimmer.

»Soll ich dich gleich mitnehmen?«, rufe ich ihr hinterher, wie es die Höflichkeit verlangt.

»Nein!«, ertönt es zurück. »Wie gesagt: Mir ist es auch lieber, wenn uns erst mal kein Kollege darauf anspricht.«

Ungesehen nicke ich. »Okay!«

Im Badezimmer geht die Dusche an. Welch verführerisches Geräusch, bedenkt man, welche nackte Person sie soeben angestellt hat. »Fahr ruhig schon mal los!«, ruft sie aus der Dusche. »Ich kann nachher einfach diese moderne Haustür zuziehen, wenn ich gehe, oder?«

Hm.

Ich könnte jetzt einfach ja sagen.

Ja, das könnte ich.

Problemlos.

Doch stattdessen machen sich meine Beine selbstständig und tragen mich in ihre Richtung.

Zielstrebig suche ich das Badezimmer auf, als wäre es ein Reflex. Als wäre Ava das Licht und ich wäre die Motte, die magisch von ihr angezogen wird.

Spricht denn etwas dagegen?

Jetzt ist sie sowieso noch hier.

Warum sollte ich mich nicht noch ein weiteres Mal mit ihr vergnügen, bevor es in die Arbeit geht?

Sicherlich bin ich dann im Büro sogar noch ausgeglichener und effektiver.

Außerdem ...

Soll sie um jeden Preis endlich diesen Dean vergessen.

Als ich das Badezimmer betrete, bemerkt sie mich zunächst nicht. Selbst als ich mich an die Dusche heranpirsche, übertönt das niederprasselnde Wasser meine Schritte. Tausend kleine Tropfen perlen über ihren perfekten Körper. Schon dieser Anblick lässt meine Atmung schwerer werden. Unter meinem Handtuch wird es plötzlich eng, und so bleibt mir nichts anderes mehr übrig, als es loszubinden und zu Boden fallen zu lassen.

Nie habe ich es praktischer gefunden als in diesem Moment, dass meine Dusche ebenerdig ist und keine Tür hat. Auf direktem Wege kann ich Ava von hinten überfallen und gegen die Wand drücken. Als ich sie packe und an die dunkelgrauen Fliesen presse, schreit sie erschrocken auf, gefolgt von einem vorfreudigen Lachen.

»Tyler! Warst du nicht schon duschen?«

»Nicht mit dir.«

Daraufhin höre ich sie erwartungsvoll ausatmen. Sie will sich zu mir umdrehen, doch ich erlaube es ihr nicht und drücke sie stärker gegen die Fliesen. Lauwarmes Wasser strömt auf unsere nackten Körper, die aneinanderkleben, und verhundertfacht meine Erregung.

»Tyler …«, murmelt sie erneut meinen Namen, unfähig, sich zu bewegen, solange ich meine Muskeln gebrauche und dieses zarte Geschöpf fest in meinem Griff halte.

Meine Lippen wandern zu ihrem Ohr, ich lasse sie meinen Atem fühlen. »Du hast dich also gestern lieber zuerst mit ihm getroffen anstatt mit mir.« Das ist mittlerweile leider eine Feststellung, keine Frage.

Ein Zögern. »Ich dachte, das Thema wäre nun gegessen.«

Für diese freche Bemerkung greife ich in ihre schulterlangen, braunen Haare und ziehe sie nach hinten. Lusterfüllt keucht Ava und hat keine andere Wahl, als den Kopf an meine Brust zu legen. Während meine eine Hand ihr Haar festhält und mein Unterarm sie weiter gegen die Wand drückt, wandern die Finger meiner anderen Hand über ihre Lippen und schließlich zu ihrem Hals, um ihn leicht zu umgreifen.

Ich muss einfach sichergehen, Ava.

Niemals wieder wirst du auch nur in Erwägung ziehen, Dean anzuhören.

Dafür werde ich hier und jetzt sorgen.

An meinen Fingerspitzen spüre ich ihre pochende Halsschlagader. Avas Herz muss förmlich Luftsprünge veranstalten, um einen solchen Druck zu erzeugen. Grinsend lege ich meine Lippen auf das Pochen und genieße es für einen Moment.

Sachte fahren meine Finger ihren Hals entlang, hin zu den wohlgeformten Brüsten. Ich kneife in ihre Nippel, bis sie hart sind und mir Avas Keuchen das Blut in mein bestes Stück treibt. Meine Hand wandert weiter, über ihren Bauch und ihre Scham direkt zu ihrer Perle. Wunderbar feucht ist sie. Ich bin mir sicher, nein, ich weiß, dass es nicht allein das Wasser aus der Dusche ist, das für diese Feuchtigkeit sorgt.

Ohne Vorwarnung stecke ich zwei Finger in ihre nasse Spalte. Erregt stöhnt sie auf.

Sie ist bereit. Ich bin es spätestens, seit ich das Badezimmer betreten habe.

»Beine auseinander«, knurre ich.

Kaum kommt Ava meinem Befehl nach, ziehe ich ihre Hüften ein Stück zurück und umgreife mit einer Hand ihre Handgelenke. Ihre Arme hebe ich etwas an, drücke ihre Hände gegen die Fliesen und meine Mitte gegen ihren ausgestreckten Hintern.

Kurz reibe ich mich an ihr, um sie weiter anzuheizen. Dann bringe ich mein bis zum Anschlag erigiertes Glied in Stellung, um in der darauffolgenden Sekunde in Ava einzudringen. Sie quittiert den Vorstoß mit einem heiß klingenden Keuchen.

Ich lache zufrieden und fange an zu pumpen. Schnelle, harte, tiefe Stöße verpasse ich ihr – einen nach dem anderen, in einem unbändigen Rhythmus, der uns höher und höher bringt. Es klatscht jedes Mal, wenn meine Lenden auf Avas feuchten Hintern treffen. Zusammen mit dem plätschernden Wasser ergibt das eine betörende Geräuschkulisse.

Die Glut baut sich in mir auf, wird zu einem Lodern, dann zu einem Feuer. Auch Ava brennt bereits lichterloh. Nicht mehr lange, und sie könnte explodieren.

Ein weiterer tiefer Stoß bewirkt genau das. Mit einem lusterfüllten Aufschrei fängt sie an zu zucken. Wunderbare Kontraktionen rotieren um meinen Schwanz, bringen ihn dazu, sich zu entladen.

Stöhnend gebe auch ich mich dem Orgasmus hin, halte Ava dabei an den Hüften fest, damit sie nicht zusammensackt.

Einen Augenblick später umfasse ich ihre Taille und richte Ava auf. Meine Arme pressen sie dicht an meinen Körper, während wir beide die Luft in unsere Lungen saugen.

Wow. Einfach nur wow.

Was für eine Nacht, dachte ich eben noch.

Was für ein Morgen!

***

Kaum habe ich mich angezogen, ruft mich mein Stellvertreter an. Er und ein ortsansässiger Geschäftspartner haben ein paar wichtige Dinge mit mir zu besprechen, die nicht warten können. Also fahre ich den Computer im Arbeitszimmer hoch und schalte mich per Webcam in die Videokonferenz. Doch ehe ich das tue, erkläre ich

Ava die Situation. Sofort zeigt sie Verständnis und schlägt vor, dass sie schon mal ins Büro fährt. Ich biete ihr an, ein Taxi zu rufen. Doch ihr ist es lieber, die U-Bahn zu nehmen wie sonst auch. Jedenfalls entfällt dadurch die Frage, ob wir zusammen in der Firma auftauchen oder nicht, sowieso.

Dass das nur eine vorübergehende Lösung sein kann, ist mir klar. Bald wird Ava sich wünschen, dass ich auch in der Öffentlichkeit zu ihr stehe. Und diesen Wunsch wird sie mir mitteilen.

Aber das ist okay.

So, wie die Dinge laufen, brauche ich nicht mehr viel Zeit, um mein Ziel zu erreichen. Das, was ich mit ihr vorhabe, scheint bereits zum Greifen nah zu sein.

Ava Montgomery ...

Eine ganz besondere, einfach unglaubliche Frau, mit der ich es richtig genieße, Zeit zu verbringen.

Und meine Mitarbeiterin, die mir unterstellt ist.

Und ...

Die Frau aus dem Irish Pub, die mich völlig unbegründet angemacht hat.

Vor den Augen meiner Kollegen hat sie das getan. Darauf bin ich nicht vorbereitet gewesen. Und damit wiederum hat sie mich schlecht dastehen lassen. Sowohl vor Mark, einem angesehenen Abteilungsleiter aus meinem Unternehmen, als auch vor dessen Praktikanten. Von den Fremden, die es mitbekommen haben, ganz zu schweigen. Sie alle haben genau gesehen, wie eiskalt mich Avas verbaler Angriff erwischt hat. Wie perplex ich dagestanden habe. Wie sehr mir die Worte gefehlt haben. Wie lange ich gebraucht habe, um meine Gedanken zu sortieren.

Niemals werde ich vergessen, wie grauenhaft ich mich in dem Moment gefühlt habe.

Aber das ist in Ordnung.

Denn mittlerweile habe ich einen Plan.

Das Schicksal meint es gut mit mir und hat mir eine zweite Chance gegeben.

Damals hat Ava mich in der Bar aus heiterem Himmel angegangen und dann einfach stehen lassen. Und das, obwohl ich mich sogar noch bei ihr entschuldigen wollte, um die Situation zu entschärfen. Als ich ihr bloß noch hinterhersehen konnte, dachte ich, dass ich niemals die Gelegenheit bekommen würde, ihr die Stirn zu bieten. Ich habe befürchtet, dass ich nicht einmal ihren Namen herausfinden würde.

Doch dann hat sie auf einmal vor mir gestanden. Als neue Kollegin in meiner Firma. Wie verrückt die Welt doch sein kann.

Denkt sie, dass ich sie nicht wiedererkannt habe?

Oder ist es andersherum – sie erkennt mich nicht wieder?

Vielleicht ist es ihr aber auch einfach nur peinlich gewesen.

Ich jedenfalls erinnere mich an dich, Ava. An die Bloßstellung, die ich dir zu verdanken habe. Daran, wie viele Sprüche mir Mark seitdem schon reingedrückt hat. Wie er mich nun manchmal belächelt, anstatt mich weiterhin als unantastbar anzusehen.

Natürlich habe ich Mark längst gebeten, Ava nicht darauf anzusprechen, sollten die beiden sich in der Firma über den Weg laufen. Das musste ich unbedingt tun, um Schlimmeres zu verhindern. Doch es war alles andere als angenehm, ihn um diesen Gefallen zu bitten und ihm dabei genau anzusehen, dass diese Bitte meinerseits erst recht viele Fragen in seinem Kopf aufwirft.

Aber auch das ist in Ordnung.

Denn inzwischen weiß ich, wie ich angemessen auf Avas verbalen Angriff reagieren kann.

Sie soll sich gefälligst fühlen, wie ich mich ihretwegen fühle.

Das wird mir Genugtuung bringen. Und mir ermöglichen, endlich mit dem Vorfall im Pub abzuschließen.

Deswegen habe ich einen Plan. Und deswegen mache ich all diese Ausnahmen für sie.

Um mein Ziel zu erreichen.

Wie ich es immer erreiche.

Immer.

Und jetzt dauert es hoffentlich nicht mehr lange, bis es auch diesmal so weit ist.

Ava ...

Was ich mit dir vorhabe, ist zum Greifen nah.

13. KAPITEL

AVA

Hm. Soll ich oder soll ich nicht? Wobei – die Frage lautet wohl eher: Was will ich überhaupt?

Schließlich kann ich erst dann von Tyler verlangen, dass wir das mit uns offiziell machen, wenn ich weiß, ob ich selbst das denn möchte.

Klar, ich empfinde viel für ihn und bin regelrecht verrückt danach, mit ihm zusammen zu sein. *Und – Gott, allein schon der Anblick seiner Bauchmuskeln bringt mich um den Verstand … Wenn ich daran denke, wie heiß es vorhin war, unter seiner Dusche so hart von ihm rangenommen zu werden, wird meine Atmung sofort wieder schneller. Mr. Tyler Ward ist ein Traum von einem Mann, so viel steht fest.*

Andererseits ist das mit uns noch recht frisch und ich habe gerade erst eine unschöne Trennung hinter mir. Brauche ich es da unbedingt für mein Selbstwertgefühl, sofort zu definieren, was zwischen uns läuft, und dass wir uns vor allen als verliebt outen?

Ist er das denn? Verliebt? In mich?

Und dann wären da noch zwei Kleinigkeiten, die leider gar nicht so klein sind:

Erstens ist er mein Boss. Es gibt Unternehmen, in denen es ganz und gar nicht gerne gesehen wird, wenn sich der CEO auf eine Mitarbeiterin einlässt. Selbst wenn Tyler sich dazu bereiterklären sollte, mich allen als seine Partnerin vorzustellen, heißt das noch lange nicht, dass unsere Kollegen es ebenso akzeptieren würden.

Und zweitens will mir der Vorfall, der sich im Pub ereignet hat, einfach nicht aus dem Kopf gehen!

Ach Mann ...

Ich fühle mich schrecklich, wenn ich daran denke, dass ich ihm dies die ganze Zeit verschweige.

Soll das die neue Ava sein?

Eine Lügnerin?

Das möchte ich nicht!

»Ava?«

Ich zucke zusammen. »Hm?« Mit großen Augen blicke ich Patricia an.

Diese lächelt verunsichert. »Entschuldige, ich wollte dich nicht erschrecken. Anscheinend warst du gerade einfach in Gedanken vertieft.«

»Oh ... ja, tut mir leid.« Schlagartig fange ich an zu schwitzen.

»Das muss es nicht. Du hast nur etwas verloren ausgesehen, als du nur noch auf deinen Bildschirm gestarrt hast, ohne irgendetwas zu machen. Da wollte ich wissen, ob alles in Ordnung ist. Aber im ersten Moment hast du gar nicht auf mich reagiert.«

»Tatsächlich habe ich dich nicht gehört«, gebe ich zu und kratze mich beschämten Blickes am Kopf. »Du hast recht, ich war völlig in Gedanken. Aber es ist alles in Ordnung. Ich habe nur über etwas nachgedacht und soeben einen Entschluss gefasst.«

»Ach so?«, meint sie.

Ja, es ist, wie es ist. Je mehr Zeit ich mit Tyler verbringe, je besser ich ihn kennenlerne und je mehr er mir bedeutet, umso stärker plagt mich nun das schlechte Gewissen. Zwar riskiere ich mit der bitteren Wahrheit über unsere erste Begegnung, dass er mich fallen lässt. Aber wenn ihm tatsächlich etwas an mir liegt, dann darf es daran nicht scheitern. Ja, dann wird er mir verzeihen können. Zumindest wenn ich endlich von mir aus mit der Sprache rausrücke. Denn was wäre die Alternative? Richtig! Dass alles, was noch passieren mag, auf einer Lüge basiert. Das will ich nicht!

Ich nicke. »Etwas Privates.«

»Ich verstehe. Gut, dann will ich dich nicht weiter stören.«

Als ich Patrica das sagen höre, widme ich ihr ein Lächeln. »Du störst mich nie, und schon gar nicht, wenn du dich nach meinem Wohlergehen erkundigst. Gehen wir nachher zusammen Mittagessen?«

»Gerne. Ich hätte mal wieder Lust auf Thailändisch.«

Ein Schauer durchfährt mich, denn das erinnert mich daran, dass Tyler mich gefragt hat, ob ich schon mal in Thailand gewesen bin. Daraufhin habe ich mir prompt vorgestellt, mit ihm zusammen dorthin zu verreisen und einen exotischen, heißen Urlaub zu erleben. Aber vermutlich würde mich momentan einfach alles an ihn erinnern. Weil ich zumindest diese eine Sache unbedingt mit ihm klären muss!

»Au ja«, antworte ich meiner Kollegin und versuche, mir meine Anspannung nicht anmerken zu lassen. »Ich liebe Thailändisch. Vor allem, wenn Erdnusssauce dabei ist.«

Patricia strahlt. »Ich auch! Okay, dann haben wir nachher ein Date.«

»Genau.«

Mit fröhlicher Miene wende ich mich wieder meinem Monitor zu und will mich auf die Arbeit konzentrieren. Vor heute Abend kann ich sowieso nicht ungestört und ungesehen mit Tyler sprechen, da kann ich mir doch bis dahin die Zeit damit vertreiben, meinen Job zu machen.

Wenn mir das bloß leichter fallen würde!

Es geht ja nicht nur darum, dass ich ihm verschwiegen habe, woher wir uns kennen.

Warum genau erkennt *er* mich eigentlich nicht von sich aus wieder?

Der Grund, der dahintersteckt, könnte ganz banal sein. Oder sogar schön. Oder aber schrecklich.

So oder so. Ich muss das mit ihm klären.

Bis es so weit ist, konzentriere ich mich endlich wieder auf die Arbeit. Und auf die Mittagspause mit Patricia.

Gerade, als ich diesen Entschluss gefasst habe und die nächste E-Mail öffne, betritt jemand unser Büro. Es ist ein Mann, den ich auf Mitte vierzig schätze und noch nie gesehen habe, höchstens mal im Vorbeigehen. Oder? Ja, so muss es sein. Denn sein Gesicht kommt mir bekannt vor. Sicherlich ist er mir irgendwann mal im Flur entgegengekommen.

»Guten Tag«, sagt er, tritt näher ein und blickt sich um.

»Guten Tag, Mr. Dawson«, grüßt Patricia ihn zurück.

Zufrieden nickt er und begibt sich weiter in unsere Richtung. »Ah, Mrs. Danes. Wissen Sie, wo Andrew ist? Ich wollte kurz etwas mit Ihrem Abteilungsleiter persönlich besprechen.«

»Tut mir leid, aber Mr. Spades ist momentan nicht im Haus. Heute Nachmittag ist er aber wieder zurück.«

»Ach so. Alles klar, dann versuche ich es später noch mal.« Dankbar nickt er Patricia erneut zu. Dann will er sich abwenden und gehen. Dabei allerdings schweift sein Blick zu mir und er gerät ins Stocken. »Oh, wir kennen uns doch, oder?«

Instinktiv lächle ich. »Das dachte ich eben auch.« Ich stehe auf und gebe ihm die Hand. »Ava Montgomery, sehr erfreut. Ich bin vor einigen

Wochen neu dazugekommen, aber ich glaube, wir hatten noch nicht das Vergnügen.«

Als er mir die Hand schüttelt, reißt er amüsiert den Mund auf. »Doch, jetzt erinnere ich mich wieder! Sie sind doch die Frau aus dem Irish Pub!«

Wie bitte?

Meine Augen werden größer.

Oh mein Gott! Er meint tatsächlich den Abend, an dem ich Tyler zu Unrecht angeschnauzt habe! Ja, stimmt! Mr. Dawson war auch dabei! Damit weiß ich nun wieder, woher mir sein Gesicht bekannt vorkommt. Er hat direkt neben Tyler gestanden und alles mitbekommen. Als einer seiner Kollegen.

Erschrocken blicke ich ihn an.

Da verflüchtigt sich auch sein Grinsen auf einen Schlag wieder. »Oh Mist«, murmelt er.

»Was?«, fragen Patricia und ich zugleich.

»Verzeihen Sie, ich ...« Schuldbewusst verzieht Mr. Dawson den Mund. »Ich habe vergessen, dass ...« Er winkt ab. »Nichts. Tut mir leid.«

»Nein«, sage ich nervös. »Was wollten Sie gerade sagen?«

»N-Nein, ich ...«

»Sie haben mich wiedererkannt«, stelle ich klar. »Aus dem Pub. Als ich mit Tyler geredet habe.« *Das ist doch nun sowieso raus! Also! Was wollte er noch sagen?*

»Sie haben kein Problem damit, darüber zu sprechen?«, fragt er und klingt verwundert.

Ich zucke mit den Achseln. »Na ja, ich bin nicht unbedingt scharf darauf, es vor sämtlichen Kollegen an die große Glocke zu hängen. Aber Sie waren nun mal dabei und erinnern sich an mich. Außerdem soll die Angelegenheit nicht zwischen Tyler und mir stehen.« *Das habe ich ja eben endgültig beschlossen.*

»Tyler?«, wundern sich Patricia und Mr. Dawson im Chor darüber, dass ich den CEO salopp beim Vornamen nenne.

Ups.

Über den letzten Satz, den ich soeben von mir gegeben habe, hätte ich besser erst genauer nachdenken sollen. Nicht nur, was die Frage betrifft, wie ich Tyler vor Kollegen anreden soll. Sondern auch, weil ich geklungen habe, als wären wir längst fest zusammen!

Beschämt räuspere ich mich. »Wie auch immer – was wollten Sie sagen, Mr. Dawson?« *Ich muss es wissen!*

»Nun …« Kurz überlegt er, dann scheint er wieder gelassener zu werden. »Ich hatte mich nur gerade erst wieder daran erinnert, dass Tyler mich vor Wochen darum gebeten hat, den Abend im Pub Ihnen gegenüber nicht zu erwähnen.«

W-Was?

Aber … das würde ja bedeuten …

Tyler hat mich sehr wohl aus dem Irish Pub wiedererkannt!

Und zwar schon vor Wochen, also direkt bei unserem ersten Wiedersehen im Büro meines Abteilungsleiters?

»Ava?«, fragt Patricia. »Geht es dir gut?«

»Ja, Ms. Montgomery, Sie sehen auf einmal ziemlich blass aus, wenn ich das sagen darf.«

Ratlos zuckt er mit den Schultern. »Habe ich nun doch etwas Falsches gesagt? Ich dachte, Sie meinten eben, über den Abend darf man jetzt offen sprechen.«

Ja schon, aber da hatte ich noch keine Ahnung, dass Tyler bereits weiß, dass ich diese Frau im Pub war, und mir das auch noch bewusst verschwiegen hat!

»Äh ...«, bringe ich in meiner Überforderung bloß hervor.

»Soll ich dir ein Glas Wasser holen?«, bietet Patricia mir an.

»Nein ... danke ... ich ...«

Hilfe, ich verstehe das nicht! Wenn Tyler mich wiedererkannt hat, hätte er das doch mal mit einer Silbe mir gegenüber erwähnen können!

Dass *ich* es nicht vor ihm thematisiert habe, lag zunächst daran, dass ich meinen Job nicht verlieren wollte. Daraufhin habe ich meinen neuen Boss näher kennengelernt und mich ganz auf unsere gemeinsame Zeit konzentriert, das gebe ich zu.

Aber was wollte Tyler mit *seinem* Verschweigen bezwecken, wann immer wir ungestört gewesen sind? Er muss weder um seinen Job bangen, noch ist er an dem Abend im Pub derjenige gewesen, der sich falsch verhalten hat. Und dennoch durfte ich auf keinen Fall erfahren, dass er mich längst wiedererkannt hat. Dafür hat er sogar diesen Mr. Dawson gebeten, mich nicht darauf anzusprechen!

»Ich ... verstehe das nicht ...«, murmle ich. Wieder beschleunigt sich meine Atmung, doch diesmal ist der Grund dafür alles andere als angenehm. »Was für ein Spiel wird hier getrieben?«

»Das frage ich mich auch«, sagt eine Kollegin aus meiner Abteilung, von der ich erst jetzt bemerke, dass sie im Türrahmen steht. Verdutzt starrt sie auf ein Blatt Papier, das sie in der Hand hält. Dann sieht sie direkt zu mir. »Ms. Montgomery ...«

»Ja?«

»Verzeihen Sie, aber ...« Mit ernster Miene kommt sie zu mir und zeigt mir den Ausdruck. »Das sind doch Sie, oder?«

Ich reiße die Augen auf.

Was soll das denn?

Nicht ... nicht möglich!

Auf dem Blatt Papier ist ein Foto abgedruckt, und zwar riesengroß, bis zu den Seitenrändern. Dieses Foto wurde erst heute Morgen gemacht, und leider weiß ich genau, an welchem Ort es dazu gekommen ist. Denn auf diesem Foto bin ich zu sehen! Ich in Tylers Hemd. Als das einzige Kleidungsstück, das ich trage. In keiner vorteilhaften Pose. Und keinem schmeichelhaften Licht. Ungeschminkt. Mit verwuschelter Mähne. Halbmüden Augen. Und einem total dämlichen Gesichtsausdruck, weil ich nicht damit gerechnet habe, fotografiert zu werden. Wie ich gucke, dürfte sogar das Schlimmste am ganzen Motiv sein.

Ich fass es nicht!

Das Handyfoto, das Tyler vorhin so beiläufig von mir gemacht hat, wurde auf diesem Blatt Papier ausgedruckt!

Dass es sein Hemd ist, kann ansonsten niemand wissen.

Es geht also allein darum, mich bloßzustellen! Mich!

Und es funktioniert. Sofort ist mir der Ausdruck mega peinlich. Mir wird knallheiß und ich fühle mich furchtbar.

Hastig nehme ich das Blatt an mich. »Oh Gott, wo haben Sie das her?«

»Aus dem Drucker, als ich mir einen anderen Ausdruck abholen wollte.«

Schon zerreiße ich das Blatt in mehrere Stücke, um es anschließend in den Papierkorb zu werfen.

Moment – was hat die Kollegin gerade gesagt?

»Das verstehe ich nicht«, sagt Mr. Dawson.

»Ich auch nicht«, erwidere ich und setze mich in Bewegung. Strammen Schrittes verlasse ich das Büro, schreite durch den Flur und steuere den nächsten Drucker an.

Tatsache! Der Drucker druckt mein Foto immer noch aus, wieder und wieder! Schon mehrere Blätter damit liegen in dem Gerät, und neben mir steht bereits ein anderer Mitarbeiter und betrachtet das Bild irritiert.

Sind Sie das?, fragt mich sein Blick kurz darauf auch schon.

»Ava!« Besorgt eilt Patricia herbei. Zu meiner absoluten Enttäuschung hebt sie ein Blatt hoch, auf dem das Foto ebenfalls abgedruckt worden ist. »Sie sind überall. Sämtliche Drucker spucken das Bild wieder und wieder aus.«

Entsetzt schlage ich die Hände vor den Mund. »Nein! Das darf nicht wahr sein!« *Diese Demütigung habe ich also jemandem zu verdanken, der Zugriff auf sämtliche Drucker im Haus hat? Mir kommen die Tränen und mir wird schwindelig.*

»Setz dich«, meint Patricia geistesgegenwärtig stellt einen Klappstuhl auf, der gegen die Wand gelehnt gewesen ist.

Auf wackeligen Beinen begebe ich mich zum Stuhl. Als ich mich setze, stützt Patricia mich. Unterdessen verschwindet der andere Kollege peinlich berührt aus dem Kopierraum.

»Soll ich dir jetzt ein Glas Wasser holen?«, fragt sie erneut.

Weinend schüttle ich den Kopf.

»Hey«, sagt sie, geht vor mir in die Hocke und lächelt, um mich aufzuheitern. »So schlimm ist das Foto doch gar nicht. Es zeigt nichts Verwerfliches!«

Das mag sein. Aber demütigend ist es trotzdem! Weil all meine Kollegen sich jetzt natürlich fragen, was es damit auf sich hat. Und ich habe nie meine Zustimmung dafür gegeben, dass sie mich so zu sehen bekommen. Doch das Schrecklichste ist, wie es sich anfühlt, auf diese Art und Weise hintergangen zu werden. Genau das wollte mein Peiniger mit dieser Aktion bezwecken, da bin ich mir sicher. Ich habe ihm vertraut, und er nutzt es schamlos aus. Er hat den Aufwand betrieben, um mir zu zeigen, wie sehr er mich in Wahrheit verachtet und hasst.

»Ja, ich weiß, das Foto zeigt mich nicht vollkommen nackt oder so.« Mit bebenden Lippen erwidere ich Patricias Blick. »Aber dass er mir so etwas antun konnte …«

»Er?«, fragt sie und neigt leicht den Kopf.

Traurig starre ich an ihr vorbei ins Leere. Und da fällt mir plötzlich etwas wieder ein, das Tyler mal zu mir gesagt hat:

Ich kann unmöglich so tun, als wenn zwischen uns nichts vorgefallen ist.

Hat er das womöglich völlig anders gemeint, als ich es damals verstanden habe?

Tief atme ich durch. Und noch mal. Ich will nicht mehr weinen. Seinen Gefühlen freien Lauf zu lassen, ist ja schön und gut, aber ich möchte nicht noch mehr Öl ins Feuer geben, indem mich gleich alle möglichen Kollegen heulen sehen.

»Tut mir leid, Ava«, höre ich Patricia sagen, und sie erhebt sich wieder. Fürsorglich legt sie die Hand auf meine Schulter. »Ich begreife zwar nicht genau, was hier vor sich geht, und das geht mich auch nichts an, aber … wer auch immer dir so einen bescheuerten Streich spielt, ist einfach nur ein unreifer Vollidiot.«

Hm …

Da hat sie recht.

Wer so etwas Geschmackloses und Unnötiges macht, ist tatsächlich nichts als ein unreifer Vollidiot.

Als mir das klar wird, fasse ich einen Entschluss.

»Danke, Patricia.« Auch ich stehe wieder auf. »Ich kann jetzt nicht an meinen Arbeitsplatz zurück. Würdest du …«

»Natürlich. Sollte unser Vorgesetzter wieder zurück sein und du dich nicht an deinem Platz befinden, sage ich ihm Bescheid, dass es dir nicht gut geht. Und mach dir keine Sorgen. Ich rede sofort mit Mr. Dawson darüber, dass die Ausdrucke verschwinden müssen.«

»Ich danke dir!«

Schon eile ich zurück ins Büro, schnappe mir meine Sachen und stürme durch den Korridor. Die irritierten Blicke, die ich dabei ernte, versuche ich eisern zu ignorieren, auch wenn mir das schwerfällt und ich mich alles andere als toll dabei fühle.

Na warte, du Mistkerl!

Jetzt kannst du erleben, wie es aussieht, wenn Ava Montgomery so richtig ihre Meinung geigt.

Was im Pub passiert ist, wird ein Witz dagegen sein.

Ob es dir gerade passt oder nicht – in wenigen Augenblicken werde ich dir alles an den Kopf knallen, was ich dir zu sagen habe!

Und danach will ich dich niemals wiedersehen!

14. KAPITEL

AVA

Aufgewühlt stehe ich vor seiner Assistentin. »Ich muss ihn sprechen. Sofort.«

Ein ratloser Blick. »Verzeihen Sie, aber sollte ich Sie kennen?«

Darüber kann ich nur schnaufen. »Ist er da?«

»Ja, aber ...«

Schon marschiere ich auf seine Bürotür zu.

»Er ist beschäftigt!«, ruft sie mir hinterher.

Das ist mir so was von egal. Er hat mir zuzuhören, hier und jetzt. Und so stoße ich die Tür auf und poltere in sein geräumiges Büro.

Tatsächlich sitzt er am kleinen Konferenztisch, der sich direkt in seinem Büro befindet, zusammen mit zwei anderen Herren. Als er mich sieht, steht ihm die Überraschung ins Gesicht geschrieben. Um nicht zu sagen: der Schock. Wie von der Tarantel gestochen steht er auf und kommt mir entgegen.

»Ava! Was machst du denn hier?«

Wutentbrannt schreite ich auf ihn zu und verpasse ihm eine Backpfeife. Die zweite innerhalb kurzer Zeit. »Wie konntest du nur!«, brülle ich.

Die anderen beiden Chirurgen räuspern sich und senken peinlich berührt den Kopf.

Gerade damit ziehen sie meine Aufmerksamkeit auf sich. »Sind das zwei von deinen tollen Freunden, die bei der Wette mitgemacht haben?«

»Baby ...«, faselt Dean und hält sich die schmerzende Wange.

Ich packe ihn am Kragen und ziehe ihn an mich heran. »Antworte mir!«

»J-Ja!«, ächzt er gequält. »Also, einer von ihnen. Steve.«

Wieder sehe ich zu den zwei Männern.

Verunsichert lächelt Steve und winkt mir blöd zu. »Hi.«

Wenn mein Blick töten könnte, würde Steve auf der Stelle umfallen!

»Fürs Protokoll«, zische ich. »Die neue Challenge hat Dean verloren. Selbst wenn ich nicht mit dem tollsten Mann der Welt zusammen wäre, würde ich nicht mal im Traum daran denken, mich noch einmal auf so ein Arschloch einzulassen.«

Okay, dass ich mit Tyler zusammen bin, stimmt technisch gesehen nicht, aber das würde meinen Auftritt kaputtmachen.

Längst gilt meine böse Miene wieder Dean. »Kapier es endlich und lass mich in Ruhe!«

»Ist ja gut!«, mault er und reißt sich von mir los.

Fest presse ich die Lippen aufeinander, ich hebe sogar mahnend den Zeigefinger. »Dean. Wenn du mich noch ein einziges Mal in deine dummen Spielchen verwickelst, dann schalte ich einen Haufen Anwälte ein.«

»Ha!«, macht er abfällig und nickt mir herausfordernd zu. »Von welchem Geld? Du bist eine gewöhnliche Bürokraft.«

Nicht zu fassen, wie er jetzt schon wieder mit mir redet!

Da darf es ihn nicht wundern, wie schnell mir klar gewesen ist, wer hinter den Ausdrucken steckt.

Ich gebe zu: Für einen kurzen Moment hatte ich Zweifel. Wenige Sekunden lang habe ich befürchtet, dass Tyler hinter der Aktion mit den Ausdrucken stecken würde. Dass all seine lieben Worte und Taten der vergangenen Wochen bloß geheuchelt gewesen wären. Ein dreckiges Spiel mit meinem Herzen. Eiskalt berechnet, sodass ich ihn Mr. Scheinheilig hätte nennen müssen.

Aber nach wenigen Sekunden des Zweifelns ist mir eine Sache klar geworden: Tyler kann das nicht gewesen sein. Nie hat er mich schlecht behandelt. Nie habe ich in seinen blauen Augen auch nur an Anflug von Gleichgültigkeit oder sogar Rachegelüsten gesehen. Es gibt keinen Grund, ihm eine solche Schandtat zuzutrauen. Was wären meine Gefühle für Tyler wert, wenn ich ihn verdächtigen würde, mir so etwas Geschmackloses anzutun? Das würde alles Mögliche über unsere Beziehung aussagen, aber ganz sicher nichts Gutes.

Dean hingegen traue ich so etwas zu. Was er unter einer interessanten Wette versteht, spricht doch für sich! Sein Charakter ist einfach nur verdorben und seine Ego-Probleme sind nichts als bemitleidenswert. Hinzu kommt, wie mies er mich in der Vergangenheit behandelt hat, wieder und wieder! Sogar jetzt, wo ich ihn mit den Ausdrucken konfrontiere, hat er keinerlei Respekt vor mir. Deswegen ist die Sache klar: Dean ist Mr. Scheinheilig gewesen! Länger als ein Jahr hat er mich aufs Übelste hintergangen. Und inzwischen habe ich selbst einen Beweis in gedruckter Form dafür, dass er sich so schnell auch nicht ändern wird.

»Mag sein, dass ich nur eine einfache Bürokraft bin«, erwidere ich schließlich. »Aber du hast ja gesehen, mit wem ich ... verkehre.« Interessanter Wortwitz, den ich da von mir gebe. »Und wie viele Topanwälte er hat, wird sich selbst so ein Vollidiot wie du denken können.«

Sichtbar muss Dean schlucken, doch gleich darauf gibt er wieder den Coolen. »Das interessiert mich einen feuchten Dreck. Wer kommt denn hier angekrochen und macht hier voll die dramatische Szene?« Grinsend sieht er zu seinen Kollegen.

Als ich jedoch näherkomme, zuckt er erschrocken zusammen und achtet sofort wieder auf mich.

»Du weißt ganz genau, dass ich wegen deines lächerlichen Theaterspiels hier bin. Echt erbärmlich, was du jetzt noch für eine Nummer abziehen musstest!«

»Ich habe keine Ahnung, wovon du überhaupt redest«, behauptet er matt.

»Von wegen! Wer soll die Ausdrucke denn sonst verursacht haben?«

»Was?«

»Tue nicht so!«, verlange ich. »*Dir* habe ich das Foto geschickt. *Dir*!«

Ja, streng genommen hat Tyler ihm das Foto gesendet – aber das ist nicht der Punkt.

»Ach, und wie hätte ich Zugang zu sämtlichen Druckern bekommen können?«, kontert Dean selbstgefällig. Ich bin Chirurg, und kein …«

»Hacker?«, falle ich ihm ins Wort. »Nein, stimmt, das bist du nicht. Als Chirurg magst du ruhige Finger haben, aber fürs Hacken fehlt dir das Gehirn. Das merkt man auch daran, dass du dich gerade selbst verraten hast. Schließlich habe ich nie erwähnt, dass die Ausdrucke aus mehreren Druckern gekommen sind.«

Oh Shit, steht in seinen Augen geschrieben.

Ich fahre fort: »Außerdem weiß ich zufällig, dass du mit einem Hacker namens Jim befreundet bist. Und da er auch an deinen dummen Wetten teilnimmt, würde ich ihm eine solche miese Aktion durchaus zutrauen.«

Abwertend lacht Dean. »Wenn Jim angeblich genauso dumm ist wie ich, dann …« Abrupt bricht er ab, als ihm klar wird, dass er mit einer solchen Bemerkung in erster Linie sich selbst schadet.

»Warum hast du das getan?«, will ich von ihm wissen, liefere die Antwort aber direkt selbst:

»Weil dich meine Abfuhr gekränkt hat und du mir ein letztes Mal eins reinwürgen wolltest?«

Er stößt Luft aus und schüttelt den Kopf über mich.

»Oder um es mit anderen Worten zu sagen ...«, fahre ich fort. »Weil ich diesmal nicht blöd genug war, um auf dich hereinzufallen, und du deswegen fandest, dass ich noch nicht genug gelitten habe.«

Auf diese harten Worte von mir folgt betretenes Schweigen. Der eine Kollege schüttelt nun ebenfalls den Kopf, allerdings über Dean, wie es scheint, während Steve beschämt wegsieht.

»Herzlichen Glückwunsch, Dean«, füge ich an. »Du hast mich über Monate verarscht. Hast mir das Herz gebrochen. Mich weggeworfen. Ja, du bist wirklich ein ganz Toller. Du kannst echt stolz auf dich sein und hast jedes Recht, dich vor deinen sogenannten Kumpels aufzuplustern. Ein Jammer nur, dass du das nötig hast und auch noch denkst, das wäre irgendetwas wert.«

Auch Dean ist längst nicht mehr in der Lage, mir in die Augen zu sehen. Einerseits würde ich mir wünschen, dass er mich anschauen und endlich begreifen würde, wie unfair er mich behandelt hat. Doch auf der anderen Seite lässt mich sein jetziges Verhalten eine gewisse Genugtuung verspüren. Er gibt mir recht. Allmählich. Insgeheim. Widerwillig. Auf seine Art. Mit dem Funken Reue, zu dem er fähig ist.

»Denk daran«, leite ich meine allerletzten Worte an ihn ein. »Top-Anwälte.«

Das war‘s.

Damit ist alles gesagt.

Also mache ich auf dem Absatz kehrt und gehe.

Oh Gott ...

Ich glaube, diesmal ist es wirklich so weit: Ich werde Dean Smith niemals wiedersehen! Das war meine letzte Begegnung mit ihm. Und ab sofort wird er es auch nicht mehr wagen, mich in irgendeiner Form zu benutzen.

Wie gut es sich angefühlt hat, ihm all diese Dinge an den Kopf zu knallen!

Wow, ich bin wie berauscht!

Nicht, dass ich mir wünschen würde, jemals wieder in eine solche Situation zu geraten, in der so eine Ansprache nötig wäre.

Aber das eben hat mir richtig gutgetan.

Völlig aufgekratzt verlasse ich die Spezialklinik, in der Dean arbeitet. Kaum habe ich das Gebäude verlassen, krame ich mein Smartphone aus der Handtasche hervor und wähle Tylers Nummer.

Es klingelt.

Bitte, nimm ab. Ich weiß, es ist erst Mittag und du hast viel zu tun, aber bitte, ich muss sofort mit dir reden und das mit uns klären!

Es klingelt weiter.

Sind die Ausdrucke von meinem Foto auch schon in deinem Chefbüro gelandet? Zögerst du deswegen und überlegst noch, ob du meinen Anruf annehmen sollst?

Immer noch klingelt es.

Oh Tyler, ich ...

Endlich hört das Klingeln auf.

»Ja?«, meldet sich jemand. Eine charmant klingende Frau.

»Äh ...«

»Hier spricht Hannah Berry am Apparat von Tyler Ward, wie kann ich Ihnen helfen?«

Ich muss mich sammeln. *Das ist doch seine hübsche Assistentin. Die, mit der er angeblich nie etwas hatte. Und nun geht sie an sein Handy?* »Entschuldigen Sie, ich dachte, ich hätte seine private Nummer gewählt.«

»Das haben Sie, Miss, aber wenn er in einem wichtigen Meeting ist, kommt es vor, dass er auch seine privaten Anrufe vorsichtshalber zu mir umleitet. Für den Fall, dass es einen Notfall gibt, so kann ich das abklären.«

»Ach so«, entfährt es mir erleichtert.

»Handelt es sich um einen Notfall, Miss?«

Tief atme ich durch. »Das kann man sehen, wie man will.«

»Worum geht es denn, wenn ich fragen darf?«

Plötzlich befinde ich mich in der Zwickmühle. Tyler hat also gerade ein Meeting, das wichtig ist und bei dem er nicht gestört werden möchte. Aber ich würde ihn wirklich gerne sofort sprechen. Denn ich habe Fragen an ihn. So viele Fragen. Und ich muss ihm unbedingt meine Sicht der Dinge erklären. Bevor es ihm zu bunt wird. Und bevor er von diesen Ausdrucken erfährt, ohne dass ich etwas dazu sagen kann. Ob seine Assistentin schon einen der Ausdrucke gesehen hat? Vielleicht konnten Patricia und Mr. Dawson vorher alle Blätter einsammeln ... Spielt das denn eine Rolle?

»Miss?«, fragt Hannah Berry nach.

»Ja, Entschuldigung. Ähm …« Ich fasse mir an die Stirn, in der Hoffnung, dass mir das beim Denken hilft. »Wissen Sie, ich würde wirklich gerne mit Tyler .. also, mit Mr. Ward sprechen. Aber es ist privat und kein Notfall. Könnten Sie ins Meeting gehen und ihn fragen, ob das ginge?«

»Mr. Ward ist nicht im Büro, er ist bei einem Geschäftspartner in einem anderen Stadtteil. Aber ich könnte dort anrufen und ihn fragen lassen.«

»Das wäre toll! Haben Sie vielen Dank!«

»Wen darf ich melden?«

Ach ja. Ich habe ihr meinen Namen noch gar nicht gesagt. »Hier spricht Ava Montgomery. Ich bin aus der Warenwirtschaft.«

»Von uns?«, fragt sie erstaunt.

Wieder muss ich durchatmen. »Ja.«

Warum erzähle ich ihr das? Weil ich unbedingt sofort mit dem Lügen und Verschweigen aufhören will, kann das sein?

»Aber es ist eine private Angelegenheit?«, hakt sie überrascht nach. »Habe ich das richtig verstanden?«

Ich knirsche mit den Zähnen. »Ja.«

»In Ordnung, Ms. Montgomery. Bitte warten Sie kurz.«

»Danke.«

Schon ertönt eine fröhliche Warteschleife-Melodie – und nie habe ich es schlechter ertragen, Gute-Laune-Musik zu lauschen und geduldig zu sein.

Sekunde um Sekunde vergeht … nicht.

Ich bin so nervös!

Was macht man in einer solchen Situation? Schafe zählen, wie beim Einschlafen?

Oder Bauchmuskeln.

Und dabei stelle man sich einen nackten, verschwitzten, keuchenden Tyler vor.

Ein Bauchmuskel ...

Zwei Bauchmuskeln ...

»Ms. Montgomery?«

»Ja?«, platzt es laut aus mir heraus und ich lasse beinahe das Handy fallen.

»Tut mir leid, aber Mr. Ward ist derzeit nicht zu sprechen.«

Das muss ich erst verarbeiten. »Haben Sie ihn erreicht?«

»Ja, aber er steckt wie gesagt in einem wichtigen Meeting.«

»Aber haben Sie ihm ausgerichtet ...«

»Ich soll Ihnen noch mitteilen, dass es keine private Angelegenheit zwischen Ihnen und Mr. Ward zu besprechen gibt.«

W-Was?

Mir stockt der Atem vor Schreck.

»Bitte entschuldigen Sie, aber ich befürchte, mehr kann ich im Moment nicht für Sie tun.«

»Ja ... Vielen Dank, Ms. Berry, dass Sie es versucht haben.«

»Gerne. Für eine Kollegin sowieso. Haben Sie einen schönen Tag, Ms. Montgomery.«

»Den wünsche ich Ihnen auch.«

Als ich auflege, ist mir zum Heulen zumute.

Es gibt keine private Angelegenheit zwischen ihm und mir – was hat das zu bedeuten?

Oh nein ...

Etwa weil ich das gesagt habe und es soeben durch den Anruf seiner Assistentin auch Kollegen von ihm mitbekommen haben?

Ach, ich bin doch echt blöd!

Zwar lag ich goldrichtig damit, Dean zu verdächtigen, hinter den Ausdrucken zu stecken.

Und dennoch habe ich Tyler soeben enttäuscht, wie es scheint.

Warum musste ich auch direkt bei seiner Assistentin Hannah Berry damit anfangen, alles offen auszusprechen?

Ich hätte zuerst mit Tyler darüber sprechen sollen, anstatt ihn dermaßen vor den Kopf zu stoßen.

Natürlich hätte ich das!

Doch nun ist es zu spät.

Habe ich alles, was wir hatten, kaputtgemacht?

15. KAPITEL

TYLER

Mittlerweile ist es früher Abend. Nach einigen Stunden vor der Webcam und schließlich vor Ort konnte ich mit unserem Geschäftspartner alles klären, was dieser so dringend geklärt haben wollte. Vor einiger Zeit noch würde ich jetzt umso entschlossener an meinem Schreibtisch sitzen und die E-Mails beantworten, zu denen ich tagsüber nicht gekommen bin. Doch die Arbeit muss warten. Ich habe heute noch etwas vor, das weitaus wichtiger für mich ist. Dass ich mal so denken würde, hätte ich nie gedacht. Aber umso mehr kann ich jetzt darüber schmunzeln.

Was ich weniger zum Lachen finde, ist, wie viele Nachrichten mir Ava im Laufe des Tages geschickt hat und welchen Inhalt sie haben.

Tyler!

Ruf mich zurück.

Bitte!

Es tut mir so leid!

Die Fotos und auch mein Anruf bei Hannah.

Und unser Gespräch im Pub.

Lass es mich erklären!

Ich wollte dir keine Schwierigkeiten machen.

Und ich habe dir nie etwas vorgemacht, was meine Gefühle betrifft, das sollst du wissen.

Bitte! Lass uns über alles reden!

Kannst du mir verzeihen?

Tyler ...

Das heißt wohl nein.

Interessant. Inzwischen weiß sie also, dass ich sie aus dem Irish Pub wiedererkannt habe. Warum *sie* mir unsere tatsächliche erste Begegnung verschwiegen hat, darüber kann ich weiterhin nur Vermutungen anstellen. Ich kenne nur *meine* Gründe.

Aber die Sache heute mit ihrem hundertfach ausgedruckten Handyfoto und Hannahs Anruf ...

So etwas Verrücktes habe ich noch nie erlebt.

Das muss Konsequenzen haben.

Und genau darum kümmere ich mich nun.

Verdammt, ist das anstrengend ...

Doch ich denke, ich bin so weit. Jetzt kann ich Ava endlich antworten.

Komm zu mir nach Hause. Ich erwarte dich.

Als ich diese Nachricht an sie abgeschickt habe, betrachte ich die Sätze nachdenklich. Ich weiß: Was ich ihr gerade geschrieben habe, klingt kalt und wie ein Befehl.

Aber das hat alles seinen Sinn.

Du willst reden, Ava? Dann lass uns reden. Aber ich bestimme, wann und wo.

Leicht verschwitzt betrachte ich das, was ich für sie vorbereitet habe. Was wir drei vorbereitet haben. Wir drei, das sind Mark, der Leiter unserer Controlling-Abteilung, Dennis, mein alter College-Freund, und ich.

»So«, meint Mark.

Auch Dennis begutachtet das Ergebnis mit einem zufriedenen Nicken.

Als mir bewusst wird, dass meine Küche aussieht wie ein Schlachtfeld, lege ich die Stirn in Falten. »Als wenn hier ein Krieg ausgebrochen wäre«, kommentiere ich den Anblick matt.

Dennis lacht und macht sich die pechschwarze Schürze ab. »Egal! Aufs Ergebnis kommt es an.«

»Und auf den Willen«, fügt Mark an und befreit sich ebenfalls von seiner Schürze.

»Danke«, sage ich zu beiden – meine eigene dunkle Schürze habe ich längst in den Wäschekorb geworfen. »Ihr habt mich gerettet.«

»Kein Problem«, erwidert Mark, ehe er sich auch schon sein hellgraues Jackett überstreift. »Meinem Boss helfe ich doch immer gerne. Vor allem jetzt, wo er mal etwas Herz zeigt.« Daraufhin grinst er mich auf eine Art an, wie er es sich vor einiger Zeit niemals getraut hätte.

Und doch reagiere ich darauf mit einem Lachen. »Habe ich früher etwa kein Herz gezeigt, oder was willst du mir damit sagen?«

»Nicht auf diese Weise«, sagt er. »Du hast dich verändert, Tyler. Und zwar nicht zum

Schlechten. Aber nicht, dass du jetzt vor lauter Schmetterlingen im Bauch überhaupt nicht mehr an die Arbeit denkst.«

»Das wird nicht passieren«, kann ich ihm versichern.

»Tyler Ward und Schmetterlinge im Bauch!« Dennis legt die Hand auf meine Schulter und blickt mich amüsiert an. »Das sind schöne Neuigkeiten, jetzt, wo wir uns endlich mal wiedersehen, alter College-Freund.«

»Danke, dass du so kurzfristig Zeit hattest, um mir auszuhelfen«, sage ich zu ihm.

»Immer gerne. In den letzten eineinhalb Stunden hatten wir doch einen Riesenspaß zusammen, oder? Es hat sich angefühlt, als würde ich wieder aufs College gehen. Schon allein deswegen sollten wir uns in Zukunft öfter treffen.«

»Vielleicht nicht unbedingt zum Kochen«, entgegne ich, »aber ansonsten nehme ich dich beim Wort.«

Wir lachen.

Kurz darauf verabschieden Mark und Dennis sich von mir. Zum einen wollen sie den restlichen Abend mit ihren Familien verbringen. Und zum anderen wissen sie, dass ich Besuch erwarte. Eine ganz besondere Besucherin.

Nervös atme ich durch und starre aus dem Fenster. Längst bin ich wieder in meine aufgewühlte Stalker-Rolle gefallen. Kein Wunder. Wenn alles gut geht, wird Ava gleich hier aufkreuzen. Habe ich ihretwegen Schmetterlinge im Bauch? Ja, das habe ich. Doch das bedeutet leider noch lange nicht, dass wir sämtliche offenen Angelegenheiten zwischen uns klären können und ihr gefällt, was ich mir für sie überlegt habe.

Ich glaube, sie hat mir einiges zu sagen, aber auch viele Fragen an mich.

Das beruht auf Gegenseitigkeit.

Verdammt, ich hätte ihr früher schreiben sollen. Mein Timing beim Kochen ist miserabel. Aber das darf mich nicht überraschen.

Ich kann es kaum erwarten zu erfahren, wie der Abend verlaufen wird. Nur zu gerne hätte ich Ava schon früher gesprochen, aber ich hoffe, dass es sich auch diesmal für mich auszahlt, geduldig zu sein. Da ich es nun aber nicht mehr aushalte, schenke ich mir einen doppelten Whisky ein und versuche, einigermaßen cool zu bleiben.

Mit mäßigem Erfolg. Ich fühle mich, als würde ich jeden Moment wahnsinnig werden.

***

Nach einiger Zeit klingelt es endlich an der Tür. Es dauert nicht lange, bis ich vor der Gegensprechanlage stehe und den Knopf drücke.

»Ja?«

»Ich bin‘s«, ertönt Avas liebliche Stimme aus dem Lautsprecher vor mir.

Schon betätige ich den anderen Knopf und mache ihr die Haustür auf, damit sie den Fahrstuhl nehmen kann und in mein Penthouse gelangt.

Vor allem jetzt kommt mir jede einzelne Sekunde wie eine Ewigkeit vor.

Endlich.

Der Aufzug kommt an, die Tür öffnet sich.

Und da steht sie. Mit großen, besorgten Augen und Fingern, die nervös aneinander reiben.

Verflucht, wie gerne würde ich sofort auf sie zustürmen, sie in meine Arme ziehen und an mich drücken! Aber es geht nicht.

Wir. Müssen. Das. Endlich. Klären.

Ich muss schlucken. »Komm rein.« Schon wende ich mich ab und gehe vor. Zu meiner Erleichterung höre ich, dass sie mir folgt und hinter sich die Tür schließt. Ich will weitergehen und sie direkt in die Küche führen. So will ich all das, was ich ihr zu geben und zu sagen habe, beginnen.

»Tyler«, verlässt es zart und bedrückt ihre Lippen.

Ich erschaudere und bleibe stehen, drehe mich zu ihr um. Unter meinem hellblauen Hemd bekomme ich Gänsehaut, als ich sehe, dass ihre Augen längst feucht geworden sind. Ava ist den Tränen nahe. Was geht ihr gerade durch den Kopf?

»Okay«, sage ich und hebe die Hand. »Lass uns sofort reden.« Hier und jetzt, im Flur. »Das ist anscheinend das Beste.«

»Wenn du mir endlich die Chance gibst?«, wirft sie mir vor.

»Natürlich tue ich das. Nichts wünsche ich mir mehr.«

»Und warum hast du dann nicht auf meine Nachrichten geantwortet?«

»Das ist kein Spiel«, beteuere ich. »Glaub mir, Ava. Es ging nicht früher.« *Und jede Faser meines Körpers hofft, dass du es gleich verstehen wirst.*

»Ja«, sagt sie zu meiner Überraschung. »Ich weiß.«

Wirklich?, frage ich sie mit meinem Blick.

Verhalten nickt sie. »Du magst jemand sein, der immer die Kontrolle behalten und die perfekte Fassade aufrechterhalten will ... aber ein Mann, der mit Frauen spielt, bist du nicht. Man könnte sogar sagen: Gerade deswegen bist du es nicht.«

Wow, sie kennt mich gut. Aber das ist mir nicht neu.

»Hör zu«, fleht sie und kommt näher. »Wir beide wissen, dass wir in diesem Irish Pub nicht den besten Start hatten.«

Ich nicke.

»Und inzwischen wissen wir auch beide, dass der jeweils andere sich gut daran erinnert und wir uns gegenseitig wiedererkannt haben.«

Wieder kann ich nur mit einem Nicken bestätigen.

Zittrig atmet sie durch. »Tyler, du sollst einfach wissen, dass es mir unendlich leidtut, dich damals zu Unrecht angegangen zu sein und damit überfahren zu haben, und dann auch noch vor deinen Kollegen. Dass ich bei unserem Wiedersehen nicht darüber sprechen konnte ...«

Erneut hebe ich die Hand. »In Ordnung, das reicht.«

Fragend, aber auch traurig sieht sie mich an. »Nein, bitte, würge mich nicht ab! Sei besser als

Dean. Bitte! Ich würde dir so gerne erklären, warum ich ...«

»Nein, genug jetzt.«

»Aber ...«

»Ava! Ich habe dich nicht hergebeten, damit du mir irgendetwas erklärst, sondern damit *ich* dir einiges erklären kann.«

»Was?«

Mit einem verliebten Blick, den ich gar nicht länger verbergen kann, überwinde ich den letzten Meter zwischen uns und nehme ihre Hände in meine. »Ja, ich habe dich sofort aus der Bar wiedererkannt, als wir uns zum ersten Mal im Bürogebäude begegnet sind. Aber was im Irish Pub vorgefallen ist und dass Mitarbeiter von mir anwesend gewesen sind, hat schon lange keine Bedeutung mehr für mich. Grauenhaft habe ich mich damals nur deswegen gefühlt, weil du schneller verschwunden bist, als ich mich hätte sortieren und nach deiner Nummer hätte fragen können. Dass wir uns dann in der Firma wiedergesehen haben, ist für mich ein echter Glücksfall gewesen. Nie im Traum wäre ich auf die Idee gekommen, mich an dir zu rächen, indem ich dich entlasse oder irgendwelche privaten Spielchen mit dir treibe, um dich zu verletzen.«

»Dann ... wolltest du den Vorfall einfach vergessen?«

»Ich hätte kein Problem damit gehabt, mit dir darüber zu sprechen«, stelle ich klar. »Aber ich wollte dir die Entscheidung überlassen, wann es so weit sein würde.«

Schuldbewusst verzieht sie ihren verführerischen Mund. »Mir ist das so peinlich gewesen. Und es hat mir wahnsinnig leidgetan.«

»Ja, das dachte ich mir schon. Aber das muss es gar nicht.« Längst haben sich meine Finger selbstständig gemacht und streicheln über ihren Handrücken. »Es stimmt: Im Laufe meiner Jahre als Geschäftsmann habe ich mir selbst eingetrichtert, dass ich niemals die Beherrschung oder das Gesicht verlieren darf, ganz egal, worum es geht. Das hat viel damit zu tun, dass ich mitbekommen habe, wie andere Geschäftsleute die Fassung verlieren und mit bitteren Konsequenzen leben müssen.«

Verständnisvoll nickt sie.

»Aber dann bist du mir passiert«, fahre ich fort und muss schmunzeln. »Du mit deinem Auftreten im Irish Pub.«

Beschämt will sie den Kopf senken, doch ich verbiete es ihr, indem ich sie inständig ansehe und somit dazu zwinge, ihren Blick zurück in meinen zu heben.

»Meine Güte, hast du mich fertiggemacht«, sage ich amüsiert. »Darauf bin ich beim besten Willen nicht vorbereitet gewesen.«

Noch scheint Ava zu überlegen, ob sie lachen oder weinen soll.

»Aber dass ich so perplex gewesen bin, lag allein daran, dass ich einer bildhübschen Frau mit ordentlich Feuer in ihren grünen Augen gegenübergestanden habe.«

Ein erstes angedeutetes Lächeln zeichnet sich auf ihrem perfekten Mund ab.

»Dann sind wir uns wiederbegegnet«, erzähle ich weiter. »Und ich habe gesehen, wie du auf mich reagiert und mich behandelt hast. Beides hat mir schnell gesagt: Im Irish Pub hattest du einfach einen schlechten Tag. Kann das sein?«

Sie knirscht mit den Zähnen. »Das war kurz nach der Sache mit …«

»Schon vergessen?«, unterbreche ich sie mahnend. »Wenn du noch einmal seinen Namen sagst, werde ich womöglich doch noch wütend.«

Denn ich will endlich der einzige Mann sein, an den du denkst.

Das und nur das ist mein Ziel. Mein Plan. Mein Wunsch. Meine Genugtuung.

Seit du das erste Mal in mein Leben getreten – um nicht zu sagen: gepoltert – bist.

Nichts anderes hatte ich je im Sinn.

Mit allem, was du bist, hast du mir gehörig den Kopf verdreht.

Deswegen gibt es seit Wochen nichts Wichtigeres für mich, als dein Herz zu gewinnen.

Mit Vernunft und Geduld, wie man es von mir kennt.

Allerdings auch mit mehr Unvernunft und Ungeduld, als ich mir früher je erlaubt hätte.

Genau das hat mir endgültig gezeigt, wie viel du mir bedeutest.

Der geheime Plan, den ich verfolgt habe, ist also unfassbar simpel gewesen, Ava.

Ich wollte, dass du dich fühlst, wie ich mich deinetwegen gefühlt habe. Etwa gedemütigt? Nein. Mit gottverdammten Schmetterlingen im Bauch.

Ich wollte erreichen, dass du mir dein Herz schenkst und dir erlauben kannst, dich in meinen Armen voll und ganz fallen zu lassen. Dem Vorfall im Irish Pub, deinen Erfahrungen mit Mr. Vollidiot und unserem beruflichen Verhältnis zum Trotz. All diesen Dingen zum Trotz. Das musste ich hinbekommen. Um jeden Preis.

Was denkst du, was der wahre Grund dafür gewesen ist, dass ich zunächst nicht mit dir zusammen im Büro gesehen werden wollte? Etwa weil ich weiterhin Berufliches und Privates strikt voneinander trenne?

Nein. Ich wollte den Druck rausnehmen. Für dich. Du solltest dich wohlfühlen. Du solltest das Tempo vorgeben. Das jedenfalls hatte der vernünftige Teil in mir vor.

Zwischendurch habe ich allerdings die Geduld verloren. Weil ich es einfach nicht länger ertragen konnte, dich anzusehen, ohne dich zu küssen. Doch jede Faser in mir hat gehofft, dass ich dir auch damit zeigen kann, was ich für dich empfinde und dass du mir vertrauen kannst.

Kannst du das nun, Kleines? Vertraust du mir – voll und ganz?

Der Lebensabschnitt, in dem ich immer nur der Vernünftige bin, ist für mich jedenfalls vorbei.

Deinetwegen, Ava Montgomery.

Du bist die Ausnahme.

Du bist alles für mich.

Einfach alles.

Und ich liebe dieses Gefühl. Ich liebe den Menschen, den du aus mir machst, ohne dich darum erst bemühen zu müssen.

Als damals im Pub das Bier über deine Bluse gekippt ist, waren meine Gedanken intensiv, zahlreich und alles andere als jugendfrei. Doch das hatte nichts mit reiner Begierde zu tun. Dahinter steckt mehr, so viel mehr. Deine Nähe hat mich tausendmal mehr aufgewühlt als jede andere Frau. Mit Logik lässt sich das nicht erklären. Mir gefällt diese Art der Unvernunft. Ich will, dass du sie immer wieder in mir auslöst. Denn sie lässt mich lebendiger fühlen, als der größte Karrieresprung es jemals könnte.

Leicht drückt Ava die Lippen aufeinander, womit sie einerseits ihr Schweigen symbolisiert und andererseits wohl ein Grinsen zu unterdrücken versucht.

»Wie auch immer«, sage ich schließlich. »Ich wollte mich danach richten, wann du von dir aus über unsere Begegnung im Pub sprechen würdest. Deswegen habe ich auch Mark Dawson gebeten, dich nicht darauf anzusprechen und dich womöglich in eine unangenehme Lage zu drängen. Er leitet die Controlling-Abteilung und ist im Pub dabei gewesen.«

»Ach so. Wow, das war wirklich lieb von dir.« Dennoch prägt Sorge den Ausdruck in ihrem süßen Gesicht. »Aber inzwischen ist mir klar geworden, dass ich sofort offen mit dir darüber hätte sprechen müssen, egal, wie unangenehm das für mich gewesen wäre. Es war nicht in Ordnung, das Thema dir gegenüber einfach totzuschweigen. Und es war nicht in Ordnung, wie ich im Pub mit dir geredet habe. Tut mir leid, dass du an dem Abend meinen Frust abbekommen hast.«

»Schon gut«, raune ich und reibe meine Nase zärtlich an ihrer. »An dem Abend sind wir uns zum ersten Mal begegnet und du hast mich deine Leidenschaft spüren lassen. Alles andere habe ich längst vergessen.«

»Dann bist du nicht sauer darüber, dass deine Kollegen es mitbekommen haben?«, fragt sie hoffend.

Ich winke ab. »Inzwischen gibt es einige neue Regeln in meinem Leben«, muss ich sie anscheinend erinnern. »Erstens: Keine Arbeit mehr nach zwanzig Uhr. Zweitens: Wenn ich mit einer Mitarbeiterin zusammen sein will, dann wird die Welt damit leben müssen – und sie wird es verkraften.«

»Und drittens?«, haucht sie gegen meinen Mund.

»Drittens …« Doch bevor ich weitersprechen kann, suchen meine Lippen ihre und stehlen ihr einen leidenschaftlichen Kuss.

»Mmh«, macht Ava mit geschlossenen Augen, als ich sie schmecken lasse, wie sehr sie mir gefehlt hat.

Widerwillig löse ich mich von ihren Lippen. »Drittens«, fahre ich fort und sehe sie eindringlich an. »Drittens ist es in Ordnung, ab und zu die

Fassung zu verlieren, nämlich wenn es um die Liebe geht.«

Herzhaft lacht Ava, und dieser Klang verpasst mir eine Art Stromschlag, der mit voller Wucht durch meinen Körper jagt. »Ich befürchte, das ist sogar die Definition von Liebe.«

»Dass man sich hin und wieder zum Affen macht?«, frage ich grinsend, setze mich in Richtung Küche in Bewegung und ziehe sie mit. »Das könnte sein.« Als wir dort ankommen, ziehe ich sie neben mich, dann lasse ich sie los. »Oder was denkst du?«

Staunend betrachtet Ava die Kulisse, die sich ihr bietet. »Du meine Güte ... Was ist denn mit deiner Küche passiert? Ist hier eine Bombe eingeschlagen?«

Ich spiele den Leidenden und seufze. »Könntest du bitte auch das Ergebnis würdigen?« Mit einer Handbewegung deute ich auf die zugedeckten Töpfe und Pfannen, die auf dem Induktionsherd warmgehalten werden.

Neugierigen Blickes begibt sie sich zum Herd und hebt nacheinander die Topfdeckel an. »Tomatensuppe ... Steak ... und Gemüse?« Daneben entdeckt sie auch die Schüssel mit Salat.

»Im Kühlschrank ist das Dessert«, sage ich und kratze mich am Hinterkopf.

Sogleich muss sie nachschauen und entdeckt den selbstgemachten Schokopudding. Dann macht sie den Kühlschrank wieder zu und strahlt mich an. »Du hast für mich gekocht?«

»Nicht ich allein«, muss ich direkt gestehen. *Wir wollen uns jetzt schließlich alles immer ehrlich sagen.* »Eben waren Mark aus dem Controlling und Dennis, ein alter Collegefreund, hier, um mir zu helfen. Was das angeht, will ich dir nichts vormachen. Jeder von uns hat sich um einen Gang gekümmert.«

Aber ja: Neuerdings koche ich. Noch nicht sonderlich gut, doch ich tue es. Für dich.

Ava zieht die Mundwinkel auseinander.

»Ja, ich weiß«, murmle ich. »Ich hätte es allein hinkriegen müssen.«

»Machst du Witze? Ich stelle es mir gerade vor! Drei Geschäftsmänner, die ratlos in der Küche stehen und eifrig um ihr Leben kochen. Wow! Und all dieser Aufwand für mich?«

Ein Schulterzucken meinerseits. »Kochen ist eine schöne Form, seine Zuneigung zum Ausdruck zu bringen, hast du gemeint.« Schon nähere ich mich ihr wieder, als würde sie mich magisch anziehen, und lege den Daumen an ihre Unterlippe, streichle sie mit etwas Druck. »Das ist es, was ich dir heute Abend sagen wollte. Ich liebe dich, Ava.«

Wieder werden ihre Augen feucht, doch diesmal sind es Freudentränen. »Oh, Tyler ...«, raunt sie gerührt.

Besitzergreifend lecke ich ihr über die Lippen. »Ich liebe dich. Und ich bleibe bei meiner Aussage: Schon als wir uns zum ersten Mal begegnet sind, hast du mir total den Kopf verdreht. Ich bin verrückt nach dir. Und ich will, dass wir ab sofort jede Nacht miteinander verbringen und morgens zusammen zur Arbeit fahren.«

»Und was ist damit, dass wir offiziell doch angeblich keine privaten Angelegenheiten zusammen hätten?«, fragt sie.

Ich streichle ihre Wange und sehe ihr tief in die Augen. »Verzeih mir diese Bemerkung gegenüber meinen Kollegen heute Mittag, aber irgendwie war es mir wichtig, es erst mal ungestört mit dir offiziell zu machen, bevor ich andere wissen lasse, dass wir zusammen sind.«

»Das ist der Grund?«

Ja, sagt mein Blick.

Abermals lacht sie süß auf. »Wer hätte das gedacht? Mr. Ward, Sie sind ja sogar noch romantischer als ich!«

Mit einem glücklichen Grinsen ziehe ich sie in meine Arme und mache sie zu meiner Gefangenen. »Solange es dir gefällt, habe ich damit kein Problem.« Nach diesen Worten stehle ich ihr den nächsten Kuss und spüre deutlich, dass der Geschmack ihrer Lippen meinen Appetit anregt.

»Nein«, haucht sie und schlingt die Arme um meinen Hals, um mich im nächsten Moment ebenfalls zu küssen. »An den neuen Tyler könnte ich mich gewöhnen.«

Als sie aufs Neue ihren Mund auf meinen drückt, entlockt sie mir damit ein erregtes Knurren. »Sag mal«, flüstere ich zwischen den zwei nächsten Küssen. »Haben echt alle in der Firma das Foto von dir gesehen?«

»Auf dem ich dein Hemd anhabe, ja.«

Lachend atme ich gegen ihre Lippen.

»Das scheint dir wohl zu gefallen?«, stellt sie mit funkelnden Augen fest.

»Sagen wir so: Ich könnte mir Schlimmeres vorstellen.«

»Wow, so viel Indiskretion im Büro lässt du zu?«, neckt sie mich. »Jetzt gehst du ja richtig in die Vollen.«

Für diese freche Bemerkung bestrafe ich sie mit einem Klaps auf ihren Hintern.

Lusterfüllt schreit sie auf, gefolgt von einem erneuten Lachen. »Sag, hattest du eben etwa eine Schürze an? So sauber, wie dein Hemd ist …«

»Wir hatten alle Schürzen an.«

»Alle drei?« Wieder kichert sie amüsiert und hält sich die Hand vor den Mund. »Das muss ein göttlicher Anblick gewesen sein! Drei Bürohengste in Schürzen!«

Da greife ich mir ihre Handgelenke, ziehe diese über ihren Kopf und drücke sie nach hinten gegen den Kühlschrank. Erregt keucht Ava auf und sendet mir einen erwartungsvollen Blick zu. Stürmisch knabbere ich an ihrer Unterlippe.

Sie drückt mich an sich und genießt mein Verlangen nach ihr. »Mmh … Tyler …«

»Was ist?«, frage ich und beiße leicht in ihr Ohrläppchen.

Schwer atmend zuckt sie zusammen. »Das nächste Mal solltest du *nur* die Schürze tragen – und mich zusehen lassen.«

Als mir klar wird, dass sie gerade wieder frech geworden ist, umgreift meine Hand ihren Hals und übt etwas Druck aus. »Wir wissen beide, wer von uns beiden morgen früh nackt in Schürze das Frühstück zubereiten wird.«

Darauf bleibt sie mir eine Antwort schuldig, doch der Ausdruck in ihren grünen Augen verrät mir klar und deutlich, dass wir uns auch in dieser Sache längst einig sind.

»Willst du noch irgendetwas sagen?«, frage ich mit einem neugierigen Grinsen auf den Lippen.

»Na ja.« Sie legt ihre Hand an meine und zieht sie von ihrem Hals weg, was ich sofort zulasse. »Ich befürchte, wir müssen das Essen warten lassen.«

Und wie das Essen warten wird. Dazu steht es schließlich auf den Warmhalteplatten. Weil ich gehofft habe, dass Ava genauso darauf reagiert.

Mit beiden Armen umschlinge ich sie und nehme sie hoch, um sie zur Couch zu tragen. Darüber juchzt sie überrascht auf. Mit einem zärtlichen Kuss verschließe ich ihren perfekten, sexy Mund, aus dem der verzückte Laut gekommen ist. Gleich will ich ihr noch ganz andere Geräusche entlocken. Töne, die Musik in meinen Ohren sein werden.

Ich trage Ava in den Wohnbereich und lasse sie vor der Ledercouch runter. Ihre Lippen nehme ich weiterhin küssend in Beschlag. Während ich an ihnen knabbere, öffne ich den Rock, der gleich darauf an ihren samtweichen Beinen heruntergleitet. Anschließend befreit Ava mich von meiner Hose.

Die Knöpfe ihrer Bluse kommen mir in diesem Moment extrem klein vor. Nachdem ich die ersten zwei von ihnen geöffnet habe, reiße ich die Aufschläge ungeduldig auseinander. Dadurch zerstöre ich das Oberteil. Damit muss sie leben.

Mit meinem Hemd geht Ava sorgfältiger um. Sie genießt es richtig, sich Zeit zu lassen, als sie es mir vom Körper streift. Ihre Geduld quält mich, doch sie lässt mich auch erwartungsvoll lächeln.

Als ihre Hände schließlich über meine nackte Brust fahren, halte ich es nicht mehr aus. Küssend bringe ich sie dazu, sich auf der Couch zurückfallen zu lassen. Ich knie mich zwischen ihre Beine und küsse mich an der Innenseite ihres Oberschenkels entlang in Richtung der Stelle vor, an der wir uns vereinen werden. Meine Zunge schiebt sich zwischen ihre Schamlippen, liebkost ihre Klitoris und sorgt dafür, dass das erste verzückte Stöhnen aus ihrem Mund kommt.

Wie ich diesen süßen Laut den ganzen Tag über vermisst und herbeigesehnt habe!

Während ich mit der Zunge Avas Perle umkreise, wandern meine Hände über ihren Bauch zu den Brüsten. Sie füllen meine Hände aus, passen perfekt hinein. Als ich ihre Brustwarzen mit den Daumennägeln bearbeite, werden sie hart und fest wie kleine Knöpfe. Jedes weitere Stöhnen aus ihrem Mund treibt mehr Lust in mein Glied.

Schwer atmend bringe ich mein bestes Stück vor Avas feuchter Mitte in Stellung und schiebe es in sie. Bis zum Anschlag steckt meine Männlichkeit in ihr, als ich Avas Handgelenke mit einer Hand umfasse, die Arme über ihren Kopf führe und meine Lippen auf ihren Mund presse. Unsere Zungenspitzen spielen miteinander, necken sich, bieten sich ein Duell. Noch immer habe ich mich nicht in ihr bewegt.

»Bitte«, fleht Ava sehnsuchtsvoll zwischen zwei Küssen.

Doch was sie kann, kann ich auch. Für die ersten Stöße lasse ich mir Zeit, will jeden Zentimeter ihrer inneren Wände genießen.

Schnell allerdings halten wir es beide nicht mehr aus. Ava signalisiert mir mit dem Anheben ihres Beckens, dass sie mehr will. Sie soll es bekommen.

Während meine Lippen ihren Hals mit Küssen übersäen, steigere ich das Tempo meiner reibenden Bewegung.

Im gleichen Maße wird unsere Atmung hektischer und die Geräusche, die wir in unserer Ekstase von uns geben, lauter. Unser Schweiß vermischt sich miteinander, ebenso wie die Leidenschaft, die durch unsere Körper zieht.

Der Gipfel kommt näher, ich spüre bereits, wie sich Avas Muskeln anspannen.

»Tyler, ich liebe dich«, stöhnt sie lusterfüllt, bevor der Orgasmus sie übermannt und nur noch heiße Schreie zulässt.

Dieser wundervolle Satz von ihr, der soeben meine Ohren erreicht hat, treibt mich weiter an. Ich stoße zu, wieder und wieder, genieße, wie Ava sich dem zuckend und aufbäumend hingibt. Dann erreiche auch ich den Höhepunkt und verharre, als sich meine Anspannung in ihr entlädt. Danach sacke ich glücklich auf Ava zusammen, entlasse ihre Hände aus meinem Griff und vergrabe mein

Gesicht in ihrem braunen, fantastisch duftenden Haar.

Wow! Gerade hat Ava zum ersten Mal die magischen drei Worte zu mir gesagt. Damit habe ich in dieser Situation nicht gerechnet, aber genau dadurch hat sie diesen atemberaubenden Moment noch perfekter gemacht. Immer wieder merke ich, wie gut sie darin ist. Darin, mir perfekte Augenblicke zu schenken, ganz ohne sich verkrampft und berechnend darum zu bemühen. Diese Frau ist einfach unglaublich und ich will sie für immer festhalten.

»Sag mal«, raune ich. »Was diese Ausdrucke von deinem Handyfoto in der Firma betrifft.«

»Hm?«

»Willst du, dass ich etwas unternehme?«

»Mit deinen Top-Anwälten, die du zweifellos hast?« Kurz überlegt sie. »Nein. Du hast schon recht: Wir sollten diesen Vollidioten, dessen Namen ich nicht mehr aussprechen soll, einfach vergessen. Nichtbeachtung bestraft solche Trolle am meisten. Und ich möchte einfach nur noch damit abschließen.«

»Das kann ich verstehen«, sage ich. »Natürlich war die Aktion von ihm vollkommen daneben. Er muss sich in die Netzwerkdrucker gehackt haben, um das hinzubekommen.«

Ava schnauft. »So etwas kann er nicht. Dafür aber ein Bekannter von ihm.«

»Das dachte ich mir. Jedenfalls könnten meine Anwälte ihm schon allein dafür die Hölle heiß machen. Aber das würde auch bedeuten, dass wir dich als Zeugin bräuchten. Und wenn du diesen Idioten so schnell wie möglich vergessen willst, ist mir das nur recht. Außerdem... siehst du auf dem Foto schon verdammt süß aus.« Ich drücke sie an mich.

»In deinem Hemd, meinst du? Ja, daran könnte ich mich gewöhnen.«

»Und ich mich erst.« *Vor allem daran, dich sämtlichen Kollegen offiziell als meine Traumfrau vorzustellen.*

Sie lacht. »Perfekt.«

Lächelnd hebe ich den Kopf und sehe ihr in diese strahlend grünen Augen mit den braunen Sprenkeln drin. Voller Zärtlichkeit streiche ich ihr eine verschwitzte Strähne aus dem Gesicht. Als sie mich dann auch noch glücklich angrinst, komme ich mir vor, als hätte man mich in den Himmel katapultiert.

Direkt auf Wolke Nummer sieben.

EPILOG

TYLER

Mit großen Augen sehen meine Eltern abwechselnd Ava und mich an.

»Wow«, sagt Mom. »Ihr seid verlobt? Das sind ja großartige Neuigkeiten!«

Auch Dad nickt freudig. »Herzlichen Glückwunsch an euch beide.«

Schon stoßen wir zu viert in diesem exklusiven Restaurant, in dem wir uns mit meinen Eltern getroffen haben, mit Champagner an.

»Danke«, sage ich zufrieden. »Ihr seid natürlich mit die Ersten, die davon erfahren, dass sie ja gesagt hat.« Mein verliebter Blick gilt meiner Verlobten und ich lege die Hand auf ihre. »Zum Glück.«

Ava lächelt süß. »Natürlich habe ich ja gesagt. Ich kann es kaum erwarten, es auch *meinen* Eltern persönlich zu erzählen, wenn wir sie nächstes Wochenende in Seattle besuchen.«

»Und?«, will Mom grinsend von Ava wissen. »Wie war der Antrag?«

Glückerfüllt seufzt diese. »Es war unglaublich! Wir waren ja bis letzte Woche in Thailand. Tyler kennt sich dort gut aus und hat mir Bangkok gezeigt. Und als wir abends auf einer Dachterrasse waren und in der Dämmerung auf die beleuchtete Stadt hinabblicken konnten, ist er vor mir auf die Knie gegangen. Einfach so! Der Urlaub war ja fast vorbei und ich habe nicht damit gerechnet! Aber es war so schön! Besser hätte ich es mir nicht erträumen können.«

»Hach, das klingt toll!«, schwärmt auch Mom.

»Ich war verdammt nervös«, gebe ich zu. »Es hätte mich nicht gewundert, wenn ich vor Aufregung zusammengeklappt wäre. Vor allem bei dem schwülen Klima, welches dort drüben herrscht.«

Amüsiert lacht Dad auf. »Und das sagt einer, der es gewohnt ist, mit Millionenbeträgen zu hantieren und vor Hunderten von Leuten Ansprachen zu halten.«

»Na ja«, entgegne ich und muss wieder zu Ava sehen. »All solche Dinge sind eben nicht so wichtig wie die große Frage, die man ein einziges Mal im Leben seiner Traumfrau stellt.«

Als sie mich das sagen hört, zeigt sich Ava gerührt und schenkt mir einen Kuss auf den Mund.

Weil sie genau weiß, dass ich damit nur die Wahrheit sage.

Und wenn wir jetzt unter uns wären, würde ich es ganz sicher nicht bei diesem einen unschuldigen Kuss belassen.

»Darf ich ihn sehen?«, fragt Mom und deutet auf Avas Verlobungsring.

»Natürlich!« Sie zieht die Mundwinkel auseinander und hält meinen Eltern nur zu gerne ihre rechte Hand hin, an dessen Ringfinger der weißgoldene Ring mit dem kleinen, eingelassenen Diamanten glitzert.

»Der ist wunderschön!«

Das bringt Ava dazu, sich wieder mir zuzuwenden und mich zu fragen: »Woher wusstest du eigentlich meine Ringgröße?«

»Kate«, erwidere ich nur.

Ava reißt den Mund auf, dann lacht sie. »Ach deswegen war sie vor einiger Zeit mit mir shoppen und wollte unbedingt, dass wir alle möglichen Ringe anprobieren! Um meine Größe herauszubekommen!«

»Ich gestehe«, sage ich mit einem Schmunzeln, »sie war eingeweiht.«

»Dann hast du also auch schon ihren Segen«, stellt Ava fröhlich fest. »Ausgezeichnet.«

»Selbstverständlich. Der Segen der besten Freundin darf nicht unterschätzt werden.« *Schließlich wird Kate deine Trauzeugin sein. So, wie ich unsere Eheschließung von Dennis bezeugen lassen werde.*

»Und dann gibt es noch etwas zu feiern, habe ich gehört?«, lenkt Dad unsere Aufmerksamkeit wieder auf sich.

Kurz müssen wir uns besinnen.

»Ja!«, ruft Ava dann freudig aus. »Meinen neuen Job! Ich habe die Firma gewechselt und arbeite nun in der Warenwirtschafts-Abteilung eines Pharmaunternehmens.«

»War ja klar, dass sie dich mit Kusshand nehmen«, sage ich und hebe prostend das Champagnerglas. »Gleich mit deiner ersten Bewerbung hat es geklappt.«

»Süß von dir, das zu sagen.«

Wieder stoßen wir an.

»Das ist ja toll«, sagt Mom.

»Glückwunsch«, meint auch Dad zu Ava, ehe er wieder mich anschaut. »Und das ist in Ordnung für dich?«

Sogleich tauschen meine Verlobte und ich Blicke aus.

»Es ist ihre Entscheidung«, entgegne ich und sehe wieder zu meinen Eltern. »Und ich verstehe das.«

Ava nickt. »Auch wenn wir keine blöden Sprüche oder so abbekommen haben, weiß man nie, was die Leute wirklich darüber denken, wenn eine Angestellte mit ihrem Boss zusammen ist.«

»Du möchtest diese potenzielle Angriffsfläche in Zukunft vorsichtshalber vermeiden«, sagt Dad in verständnisvollem Ton. »Auch für Tyler.«

»Es ist mehr als das«, antwortet sie. »Ich möchte einen Vorgesetzten haben, der mich absolut objektiv beurteilen darf. Das brauche ich in erster Linie für mich selbst. Und da ich einen guten Job mache, habe ich nichts zu befürchten.«

Selbstbewusst lässt sie ihr Glas gegen meins klirren.

»Dann … auf die Verlobung und den neuen Job!«, ruft Mom freudig aus.

Wieder stoßen wir an.

Als daraufhin meine Eltern sich einander zuwenden und über irgendetwas sprechen, lehne ich mich zu Ava herüber und flüstere ihr ins Ohr: »Dir ist aber schon klar, was dein Jobwechsel bedeutet?«

Ich höre sie erregt ausatmen, als sich mein warmer Atem gegen ihr Ohrläppchen wirft.

»Wenn du schon beruflich vor mir flüchtest«, fahre ich leise fort, »bleibt mir gar keine andere Wahl, als dich in deiner Freizeit voll und ganz in Beschlag zu nehmen.«

»Interessant«, raunt sie sinnlich und blickt mir tief in die Augen. »Kommt der besitzergreifende Stalker wieder zum Vorschein?«

Ich sehe sie und nur sie. »Manchmal. Wann immer du ihn willst. Wann immer du ihn brauchst.«

Im nächsten Moment erwische ich sie dabei, wie ihr Augenmerk auf meinen Mund fällt und sie sich leicht auf die Unterlippe beißt. »Perfekt.«

»Nein, Ava. Du bist perfekt. Perfekt für mich.«

»Dann sind wir perfekt füreinander.«

ENDE

DIE AUTORIN

C. R. Scott wurde 1984 in Schleswig-Holstein geboren und hat Literaturwissenschaft studiert. Ihre prickelnden Liebesromane bieten Happy-End-Garantie und finden Tausende von Lesern. Nicht selten landen ihre Werke in den Top 5 der Kindle-Charts und auf der BILD-Bestsellerliste. Vor ihrer Zeit als verlagsunabhängige Autorin schrieb C. R. Scott unter anderem für den renommierten Carlsen Verlag. Sie ist aktives Mitglied im Selfpublisher-Verband e.V. und im Autorennetzwerk Romance-Club. Weitere Informationen gibt es auf Wikipedia.

LUST AUF MEHR?

Auf Amazon findest du weitere Liebesromane von C.R.Scott. Sie freut sich immer über eine Rezension!

EXTRA E-BOOK

Abonniere den Newsletter und du erhältst das E-Book „Love the Fiancé – Ein Verlobter zum Verlieben“ extra! Vor allem erhältst du Infos über Neuerscheinungen und Gewinnspiele von C. R. Scott. Jetzt anmelden: https://newsletter.crscott.de

Printed in Great Britain
by Amazon

44572597R00158